老照片

温情系列

我的老师

《老照片》编辑部 编

山东画报出版社

图书在版编目（CIP）数据

我的老师 /《老照片》编辑部编. —济南：山东画报出版社，2018.6（2018.10重印）
（《老照片》温情系列）
ISBN 978-7-5474-2737-8

Ⅰ.①我… Ⅱ.①老… Ⅲ.①回忆录—作品集—中国—当代 Ⅳ.①I251

中国版本图书馆CIP数据核字（2018）第068377号

《老照片》温情系列
我的老师
《老照片》编辑部编

责任编辑 赵祥斌 张 欢
装帧设计 王 芳

出版人：李文波
出版发行：山东出版传媒股份有限公司
山东画报出版社
社址：济南市经九路胜利大街39号
邮编：250001
http://www.hbcbs.com.cn
各地新华书店经销
山东临沂新华印刷物流集团有限责任公司

140毫米×203毫米　32开　8印张　58幅图　120千字
2018年6月第1版　2018年10月第3次印刷
印数：50001-60500
ISBN 978-7-5474-2737-8

定价：25.00元

如有印装质量问题，请与出版社总编室联系调换。

写在前面的话

1996 年底，山东画报出版社的《老照片》丛书一经面世，即以别开生面的图书样式、回望历史的新颖视角，受到读者的广泛欢迎，并引发了风靡全国的"老照片文化热"。《老照片》的成功出版，开启了中国出版业的"读图时代"，相继被业内权威媒体评选为：新中国出版业五十件大事；1978—1998 二十年难忘的书；改革开放 30 年来最具影响力的 300 本书；共和国 60 年 60 本书。

作为一种陆续出版的丛书，《老照片》以"定格历史、收藏记忆"为己任，至 2018 年 4 月，已出版了 118 辑，共刊出各种历史照片一万余幅，相关的文字一千万余言，从一个独特的视角，为百多年来中国人的生存与发展，留下了一份形象而鲜活的记录。《老照片》出版 20 余年来，这些带有个人记忆温度的文章受到大众读者的喜爱，年长的读者借此印证经历过的历史，回忆过往的岁月。而青少年读者借此从中国社会的变迁中，仰望历史的星空，感受普通民众细腻的家国情怀。

为此，《老照片》编辑部编辑了这套温情系列图书：《我的父亲》《我的母亲》《我的老师》《一封家书》，共四种。其中有些文章从已刊《老照片》中精心挑选适合青少年读者阅读的温暖篇章，文字质朴平实，感情自然真挚。还有一些文章，按照《老照片》的一贯格调，另约稿、辑录了众多名家的作品。如《一封家书》收录了傅雷《写给儿子傅聪的信》、曹文轩《爸爸愿意哄着你长大》等表现父爱的书信；也收录了林薇《写给儿子的两封信》表现母爱的信札，这也是林薇之子、作家止庵首次授权出版。《我的老师》收录了汪曾祺《沈从文先生在西南联大》，这篇文章选自本社出版的《我在西南联大的日子》。

在《老照片》陆续出版 20 年之余，我们冀望与更多的青少年读者一起成长，通过共同翻看《老照片》，开阔阅读视野，增长人生阅历，增添人文情怀。

我们期待这套温情系列，为每位读者开通一条重温往事的时光隧道，大家在历史时空的穿梭中，向美好的回忆致敬，并从中领略人生旅途中的不同风景。

山东画报出版社《老照片》编辑部

2018年5月

目　录

开蒙老师吴菱仙

梅兰芳

我家在庚子年，已经把李铁拐斜街的老屋卖掉了，搬到百顺胡同居住。隔壁住的是杨小楼、徐宝芳两家。后来又搬入徐、杨两家的前院，跟他们同住了好几年。附近有一个私塾，我就在那里读书。后来这个私塾搬到万佛寺湾，我也跟着去继续攻读。

杨老板（小楼）那时已经很有名气了。但是他每天总是黎明即起，不间断地要到一个会馆里的戏台上练武功，吊嗓子。他出门的时间跟我上学的时间差不多，常常抱着送我到书馆。我有时候跨在他的肩上，他口里还讲民间故事给我听，买糖葫芦给我吃，逗我笑乐。隔了十多年，我居然能够和杨大叔同台唱戏，在后台扮戏的时候，我们常

图1 梅兰芳赠与贝熙业的照片（1938年3月26日）。

常谈起旧事，相视而笑。

九岁那年，我到姐夫朱小芬家里学戏。同学有表兄王蕙芳和小芬的弟弟幼芬。吴菱仙是我们开蒙的教师。我第一出戏学的是《战蒲关》。

吴菱仙先生是时小福先生的弟子。时老先生的学生都以仙字排行。吴老先生教我的时候，已经五十岁左右。我那时住在朱家。一早起来，五点钟就带我到城根空旷的地方，遛弯喊嗓。吃过午饭另外请的一位吊嗓子的先生就来了，吊完嗓子再练身段，学唱腔，晚上念本子。一整天除了吃饭、睡觉以外，都有工作。

吴先生教唱的步骤，是先教唱词，词儿背熟，再教唱腔。他坐在椅子上，我站在桌子旁边。他手里拿着一块长形的木质"戒方"，这是预备拍板用的，也是拿来打学生的，但是他并没有打过我。他的教授法是这样的：桌上摆着一摞有"康熙通宝"四个字的白铜大制钱。譬如今天学《三娘教子》里"王春娥坐草堂自思自叹"一段，规定学二十或三十遍，唱一遍拿一个制钱放到一只漆盘内，到了十遍，再把钱送回原处，再翻头。有时候我学到六七遍，实际上已经会了，他还是往下数；有时候我倦了，嘴里哼着，眼睛却不听指挥，慢慢闭拢来，想要打盹，他总是轻轻推我一下，我立刻如梦方醒，挣扎精神，继续学习。他这样对待学生，在当时可算是开通之极；要是换了别位教师，戒方可能就落在我的头上了。

吴先生认为每一段唱，必须练到几十遍，才有坚固的基础。如果学得不地道，浮光掠影，似是而非，日子一长，不但会走样，并且也容易遗忘。

关于青衣的初步基本动作，如走脚步、开门、关门、手势、指法、抖袖、整鬓、提鞋、叫头、哭头、跑圆场、气椅这些身段，必须经过长时期的练习，才能准确。

跟着又学了一些都是正工的青衣戏，如《二进宫》《桑园会》《三娘教子》《彩楼配》《三击掌》《探窑》《二度梅》《别宫》《祭江》《孝义节》《祭塔》《孝感天》《宇宙锋》《打金枝》等。另外配角戏，如《桑圆寄子》《浣纱记》《朱砂痣》《岳家庄》《九更天》《搜孤救孤》……共约三十几出戏。在十八岁以前，我专唱这一类青衣戏，宗的是时小福，老先生的一派。

吴先生对我的教授法，是特别认真而严格的。跟对待别的学生不同，他把大部分精力都集中在我身上，好像他对我有一种特别的希望，要把我教育成名，完成他的心愿。我后学戏而先出台，蕙芳、幼芬先学戏而后出台，这原因是我的环境不如他们。家庭方面，已经没有力量替我延聘专任教师，只能附属到朱家学习。吴先生同情我的身世，知道我家道中落，每况愈下，要靠拿戏份来维持生活。他很负责地教导我，所以我的进步比他们快一点，我的出台也比他们早一点。

我能够有这一点成就，还是靠了先祖一生疏财仗义，忠厚待人。吴先生对我的一番热忱，就是因为他和先祖的感情好，追念故人，才对我另眼看待。

吴先生在先祖领导的四喜班里，工作过多年。他常把先祖的逸闻逸事讲给我听。他说："你祖父待本班里的人，实在太好。逢年逢节，根据每个人的生活情形，随时加以适当的照顾。我有一次家里遭到意外的事，他知道了，远远地扔过一个小纸团儿，口里说着：'菱仙，给你个槟榔吃！'等我接到手里，打开来看，原来是一张银票。"

当时的科班制度，每人都有固定的戏份，像这样的赠予，是例外的，因为各人的家庭环境、经济状况不同，所以随时斟酌实际情况，用这种手法来加以照顾。吴先生还说，当每个人拿到这类赠予的款项的时候，往往正是他最迫切需要这笔钱的时候。

忆常州府中学堂元博师

钱　穆

　　余十三岁入常州府中学堂，时为清光绪末年之冬季。中学新生共分三班，入学未一周，宿舍才定，校中即出布告，许诸生自量学力，报考二年级。中学部果育高四级同学七人，全体报名应考，亦嘱余参加报名，幸皆录取。在校未及两月，即放寒假。明年起，余十四、十五、十六三年，皆在府中学堂，凡三年又三月。记忆最深者，为监督屠孝宽元博师。师武进人。监督即犹今称之校长。

　　……

　　时余童稚无知，元博师尤加爱护。犹忆初应入学试，有一人前来巡视。方考国文课，余交卷，此人略一阅看，抚余肩，谓此儿当可取。初不知为何人，后入学，乃知即

图1　钱穆于素书楼前。

元博师也。

时学校规定，每学年试皆发证书，具列本学年各课程，及各任科诸师之姓名，并记各科考试所得分数。由任课教师加盖图章，乃由监督署名分发，其事极郑重。是年考图画科，分临画默画两项，默画题《知更鸟，一树枝，三鸟同栖》，教本中有此图。余伸笔作一长条表示为树枝，长条上画三圈表示为三鸟，每圈上部各加两墨点表示为每一鸟

图2 钱穆与新亚书院社员们合影。

之双目。所点皆浓墨，既圆且大。同学见余所缴卷，课后大加戏谑，谓余所画此圆而大之双目，极似图画科杨老师。课室外语，为杨老师所闻，极激怒。余之图画科分数遂得零下二厘，尚不到一分。唯学校规定各科平均须满六十分，才得升级。任何一科分数不足四十分，亦留级。越数日，元博师召余至监督室，戒余每科须平均发展，不得于任一科轻忽。告余今年考试图画科得分太低，已商诸师长，可将其他各科得分多者酌减移补。命余立即去杨老师处请罪，求恕。余因言，图画科考试不及格罪有应得，监督爱护之意更所感激，唯平日对国文历史两课尚知用心，不愿将此两课所得分数减低。元博师面作嗔色，谓小孩无知，可速往杨老师处，勿再多言。余往见杨师，彼已因监督面商，不加斥责。及新证书发下，国文历史两科分数果未改动。是可见元博师对余爱护之诚心矣。其他类此事尚多，不备述。

元博师兄弟四人，师居长，太老师屠寄敬山先生，乃当代史学泰斗，著有《蒙兀儿史记》一书，书未成，而名满中外。其时已退休居家。某一日，已忘以何因缘，得偕三数同学进入元博师之住宅，又得进入太老师敬山先生之书斋。四壁图书，临窗一长桌，桌上放数帙书，皆装潢巨制。座椅前有一书，已开帙，似太老师正在阅读。就视，乃唐代李义山诗集，字大悦目，而眉端行间朱笔小楷批注几满，字字工整，一笔不苟。精美庄严，未曾前见。尚有碎纸批注，放在每页夹缝中，似临时增入。书旁有五色砚台，有五色笔，架在一笔架上，似临时尚在添写。余一时呆立凝视，但不敢用手触摸。因念敬山太老师乃一史学巨宿，不知其尚精研文学，又不知其已值晚年，而用力精勤不息有如此。此真一老成人之具体典型，活现在余之目前，鼓动余此后向学之心，可谓无法计量。较之余在小学时，获亲睹顾子重、华紫翔诸师之日常生活者，又另是一境界。惜其时年幼，不敢面请元博师给以亲瞻敬山太老师一面之机缘，则仍是当时一憾事。

跟陈翰老学外语

徐　方

　　因旅居海外，迟至六月初才得到恩师陈翰笙先生去世的消息。虽不感到意外，还是伤心至极。眼前浮现出过去跟他学英文的一幕幕，崇敬、感激之情涌上心头，不禁泪流满面……

　　1975年，我从外地回北京养病。在此之前，开始自学英语。由于起步晚，又缺乏指导，感到很吃力，水平总也提不高。一天，跟母亲一起探望刚从狱中释放出来的孙冶方伯伯，听他谈起好友陈翰笙正在给一群年轻人辅导英文。母亲一听赶紧问："能否介绍小女拜他为师？"孙伯伯欣然应允，当即写了介绍信，并托母亲把刚完成的一篇经济学论文带给陈翰老，请他提意见。回来的路上，我问母亲，陈翰老是谁？她说："你真孤陋寡闻！他是鼎鼎大名的革命家、外交家、学界泰斗，经历颇为传奇——早年留学美国、德国，在社会学、经济学、历史学等诸多领域取得了非凡的成就……"

第二天我和母亲就去拜访陈翰老，找到东华门大街38号。那是个小四合院儿，房子很旧，院子里的路坑坑洼洼的。

去之前听孙伯伯讲陈翰老已经八十岁了。由于害青光眼，视力仅剩0.02，除了能分辨白天黑夜和眼前晃动的人影外，其他什么都看不见。想象中的翰老是个风烛残年的老人，可见面后完全出乎意料。他头脑清晰，谈笑风生，说："我只是眼睛坏了，身体其他部分都没毛病。"母亲把孙伯伯的文章交给他，请他提意见后寄回去，并讲了孙伯伯的住址。他说："知道了。"母亲感到奇怪，问为什么不把地址记下来？他说已经记在脑子里了。母亲大为惊叹，说："您这么大岁数了，记性居然如此之好！"伯伯一听不乐意了，说："我不算大呀。"他诙谐地指指我，说："也就比她略大一点儿。"那年我二十二岁。看到伯伯这样幽默风趣，刚进门时的紧张拘束一扫而光。接着他问起了我的学习情况，说："待会儿正好有个初级班，你先来旁听吧。"就这样，我成了陈翰老的学生。

当时翰老一共教四个英文班，一个初级，两个中级，

图1　本文作者在接受陈翰老的辅导。

一个高级。每班五六个人。我们每周上两次课。在初级班试听两次之后，伯伯说："根据你的程度，可以进中级班了。"于是我升了一级。

伯伯上课从来不用课本。具体方法是：先让每个学生提出一个自己感兴趣的话题，然后大家举手表决，选出多数人感兴趣的话题。伯伯当即根据这个题目作一篇英文短文。他边想边说，我们将其记录下来。遇到不会写的生词，他便耐心地讲出拼法。记得当时我们出的那些题目古今中外、五花八门，如："联合国秘书长瓦尔德海姆""何香凝画虎""陈纳德与陈香梅""天堂与地狱""关于走后门儿"……每当伯伯根据当天的选题口述英语短文时,我都为他那渊博的学识、惊人的记忆力感叹不已!接下来他就这一话题组织四个中文句子,让我们带回去翻译成英文。第二次上课时,每个人要把上次学的短文背诵出来,然后伯伯逐字逐句地帮我们修改汉译英句子。接着又是选出当天的话题。如此周而复始……伯伯解释说,他之所以这样教,是因为背诵好的文章可以培养语感,这是学习任何一门语言的捷径;而通过修改翻译的句子,能使学生学会如何遣词造句,用地道的英语表达思想。一次陈伯伯的妹妹陈素雅阿姨谈起他的教学,说:"上课时看上去是他考你们,实际上更是你们考他。谁见过哪个老师教英文不用教材,每次都能根据学生出的题目即兴写作的?"

我们的课堂气氛很活跃。伯伯特别注重民主、平等,每个人都可以发表自己的看法。自从进了这个班,我眼界大开,不但学了英文,还长了许多知识。更重要的是,在潜移默化中,向伯伯学习如何做人。

一次,到了该去上课的时间,可外面却下起瓢泼大雨。我有些犹豫,不知是否还要去。母亲看到后说:"当然得去。陈翰老这样不辞辛苦地教你们,哪有因为下雨就不去的道理?"于是我撑了把大伞直奔伯伯家。到了之后,发现那天只去了我一个，以为肯定不上课了。刚要告辞，伯伯却招呼我说："时间到了，咱们上课吧。"就这样，他一对一地教我，像往常一样地认真、一样地耐心。我心里暖乎乎的，感动得不知如何是好……

1977年秋，国家决定恢复高考。无数被挡在大学校门外的年轻人摩拳擦掌，准备一试。伯伯要求班上凡符合条件者都要报考。我当时很犹豫，一是想到自己"文革"前只上到小学五年级，后来虽经过一番自学，可总感到各方面基础太差，一点儿信心也没有；再者，当时工作单位在兰州，若参加高考，还得赶回去。一旦考不上，失去在北京学习的机会不说，别人会怎么看？我跟伯伯谈了自己的顾虑。他一听就急了，直跺脚，说："这样千载难逢的机会怎么会想到放弃？！是不是没钱买回去的火车票？要是的话，这钱我出了！"我从来没见过他发这么大的火，心里特别不安，赶紧说："您别生气，我一定考。"伯伯帮我最终下了决心。

结果我们这个班全体都报了名。考期将至，伯伯决定停课，让大家全力备战。最后一次上课，同学们想到今后很可能各奔东西，心里依依不舍。有人提议搞个告别宴会，马上得到热烈响应。伯伯随即口述了一篇短文，题目就叫Farewell Party（《告别宴会》）：We are thinking of a farewell party……大意是：我们在酝酿搞一个告别宴会。不久之后，班上全体同学都将奔赴考场，希望很快能在北京大学、北京外国语学院、广州中山医学院等院校见到我们的同学……（文中提到的几个学校都是班上同学所报考的。作者注）

两个多月后，当我接到兰州大学外语系的录取通知书时，激动万分，马上向陈伯伯报告这个好消息。没过几天就收到了他的回信。除表示祝贺外，还附有一张表，上面列出英语班上考取大学者的名单。那年他的学生中有20人参加了高考，结果竟考上了18个，且多为重点大学。录取率90%。这在当时是相当高的。要知道，那年高考全国平均录取率仅为3.4%。

高考彻底改变了我的人生，而我竟险些失之交臂，每当想到这些，心里对伯伯都充满了感激之情。

今天回想起来，伯伯当年一定感到非常欣慰。在那个特殊年代，他不甘蹉跎，以义务教授英语的方式贡献社会。多年来他呕心沥血，先后辅导过三百多人，分文不取。

1982年初，我毕业回到北京工作。为了进一步提高英语水平，又到陈翰老的英语研修班"回炉"。这个班的程度比当年那个中级班要高多了，学生大多是刚毕业的大学生、研究生，还有一些不同领域的专业人士，如舞蹈家资华筠、社科院美国所所长助理何迪等。

研修班的学习特别有意思。方法仍是每次由陈伯伯口授一篇他编写的英语文章，我们记下之后回去背诵。文章的内容涉及方方面面，如："对布哈林的重新认识""生态保护""交通阻塞""国际通婚""优生优育"等。现在看来，讨论这些题目以及伯伯的观点在当时是相当超前的。每次的家庭作业是写一篇英语作文，题目任选，下次上课时由伯伯逐字逐句进行修改。我总是急切地盼望上课，渴望学到更多的东西。

这么多年过去了，我一直跟陈伯伯保持着联系。去年春节回北京，听说他病重，住在协和医院，赶紧前去探望。病榻上的伯伯处于昏迷状态，靠呼吸机和鼻饲维系那虚弱的生命。考虑到自己身处国外，见一次面不容易，而伯伯已一百零七岁，病得又这么重……于是请他的家人为我们拍了一段录像。结果那次探望果然成了永别。

陈翰老一生专心治学，没有留下子女。按中国人的老传统，他并没有做到儿孙满堂。但他却以另一种方式创造了自己的人生价值——著作等身和桃李满天下。

悼丏师

丰子恺

　　我从重庆郊外迁居城中，候船返沪。刚才迁到，接得夏丏尊老师逝世的消息。记得三年前，我从遵义迁重庆，临行时接得弘一法师往生的电报。我所敬爱的两位教师的最后消息，都在我行旅倥偬的时候传到。这偶然的事，在我觉得很是蹊跷。因为这两位老师同样的可敬可爱，昔年曾经给我同样宝贵的教诲；如今噩耗传来，也好比给我同样的最后训示。这使我感到分外的哀悼与警惕。

　　我早已确信夏先生是要死的，同确信任何人都要死的一样。但料不到如此其速。八年违教，快要再见，而终于不得再见！真是天实为之，谓之何哉！

　　犹忆二十六年（1937）秋，卢沟桥事变之际，我从南

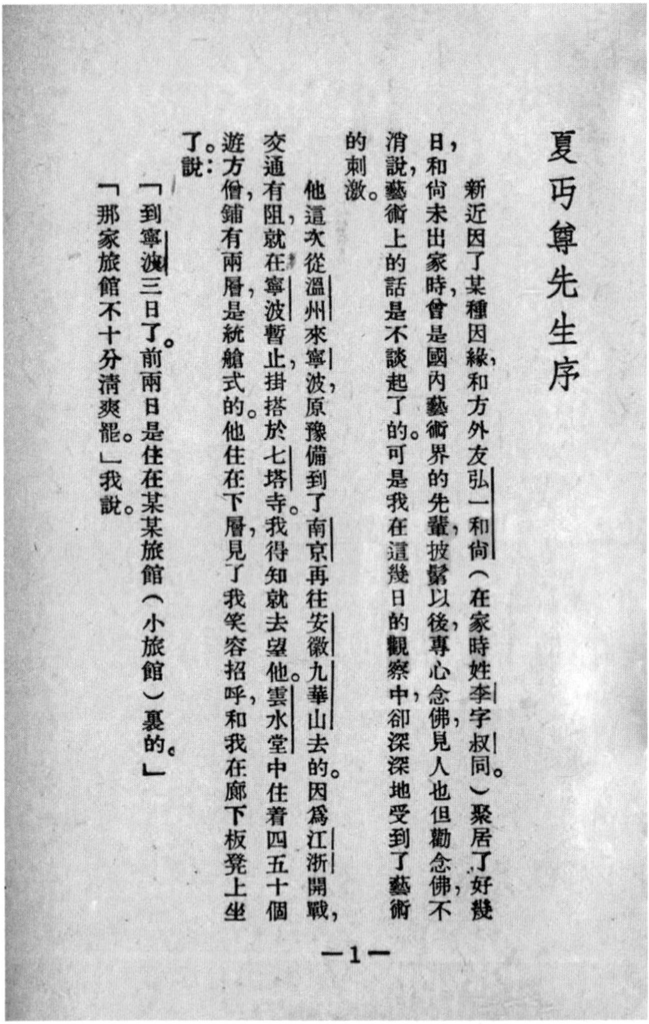

夏丏尊先生序

新近因了某種因緣，和方外友弘一和尚（在家時姓李字叔同）聚居了好幾日，和尚未出家時曾是國內藝術界的先輩披髮以後專心念佛見人也但勸念佛不消說藝術上的話是不談起了的。可是我在這幾日的觀察中卻深深地受到了藝術的刺激。

他這次從溫州來寧波原豫備到了南京再往安徽九華山去的。因為江浙開戰，交通有阻就在寧波暫止掛搭於七塔寺我得知就去望他雲水堂中住着四五十個遊方僧鋪有兩層是統艙式的他住在下層見了我笑容招呼和我在廊下板凳上坐了。說：

「到寧波三日了。前兩日是住在某某旅館（小旅館）裏的。」

「那家旅館不十分清爽罷」我說。

—1—

图1 夏丏尊为丰子恺画集《子恺漫画全集之五：都市相》所作序的书影，该书在1945年由开明书店出版。

京回杭州，中途在上海下车，到梧州路去看夏先生。先生满面忧愁，说一句话，叹一口气。我因为要乘当天的夜车返杭，匆匆告别。我说："夏先生再见。"夏先生好像骂我一般愤然地答道："不晓得能不能再见！"同时又用凝注的眼光，站立在门口目送我。我回头对他发笑。因为夏先生老是善愁，而我总是笑他多忧。岂知这一次正是我们的最后一面，果然这一别"不能再见"了！

后来我扶老携幼，仓皇出奔，辗转长沙、桂林、宜山、遵义、重庆各地。夏先生始终住在上海。初年还常通信。自从夏先生被敌人捉去监禁了一回之后，我就不敢写信给他，免得使他受累。胜利一到，我写了一封长信给他。见他回信的笔迹依旧遒劲挺秀，我很高兴。字是精神的象征，足证夏先生精神依旧。当时以为马上可以再见了，岂知交通与生活日益困难，使我不能早归；终于在胜利后八个半月的今日，在这山城客寓中接到他的噩耗，也可说是"抱恨终天"的事！

夏先生之死，使"文坛少了一位老将""青年失了一位导师"。这些话一定有许多人说，用不着我再讲。我现在只就我们的师弟情缘上表示哀悼之情。

夏先生与李叔同先生（弘一法师），具有同样的才调，同样的胸怀。不过表面上一位做和尚，一位是居士而已。

犹忆三十余年前，我当学生的时候，李先生教我们图画、音乐，夏先生教我们国文。我觉得这三种学科同样的严肃而有兴趣，就为了他们二人同样的深解文艺的真谛，故能引人入胜。夏先生常说："李先生教图画、音乐，学生对图画、音乐，看得比国文、数学等更重。这是有人格作背景的缘故。因为他教图画、音乐，而他所懂得的不仅是图画、音乐；他的诗文比国文先生的更好，他的书法比习字先生的更好，他的英文比英文先生的更好……这好比一尊佛像，有后光，故能令人敬仰。"这话也可说是"夫子自道"。夏先生初任舍监，后来教国文。但他也是博学多能，只除不弄音乐以外，其他诗文、绘画（鉴赏）、金石、书法、理学、佛典，以至外国文、科学等，他都懂得。因此能和李先生交游，因此能得学生的心悦诚服。

他当舍监的时候，学生们私下给他起个诨名，叫"夏木瓜"。但这并非恶意，却是好心。因为他对学生如对子女，率直开导，不用敷衍、欺蒙、压迫等手段。学生们最初觉得忠言逆耳，看见他的头大而圆，就给他起这个诨名。但后来大家都知道夏先生是真爱我们，这绰号就变成了爱称而沿用下去。凡学生有所请愿，大家都说："同夏木瓜讲，这才成功。"他听到请愿，也许喑呜叱咤地骂你一顿，但如果你的请愿合乎情理，他就当作自己的请愿，而替你设法了。

他教国文的时候，正是"五四"将近。我们做惯了"太王留别父老书""黄花主人致无肠公子书"之类的文题之后，他突然叫我们做一篇"自述"，而且说："不准讲空话，要老实写。"有一位同学，写他父亲客死他乡，他"星夜匍伏奔丧"。夏先生苦笑着问他："你那天晚上真个是在地上爬去的？"引得大家发笑，那位同学脸孔绯红。又有一位同学发牢骚，赞隐遁，说要"乐琴书以消忧，抚孤松而盘桓"。夏先生厉声问他："你为什么来考师范学校？"弄得那人无言可对。这样的教法，最初被顽固守旧的青年所反对。他们以为文章不用古典，不发牢骚，就不高雅。竟有人说："他自己不会做古文（其实做得很好），所以不许学生做。"但这样的人，毕竟是少数。多数学生，对夏先生这种从来未有的、大胆的革命主张，觉得惊奇与折服，好似长梦猛醒，恍悟今是昨非。这正是"五四"运动的初步。

李先生做教师，以身作则，不多讲话，使学生衷心感动，自然诚服。譬如上课，他一定先到教室，黑板上应写的，都先写好（用另一黑板遮住，用到的时候推开来）。然后端坐在讲台上等学生到齐。譬如学生还琴时弹错了，他举目对你一看，但说："下次再还。"有时他没有说，学生吃了他一眼，自己请求下次再还了。他话很少，说时总是和颜悦色的。但学生非常怕他，敬爱他。夏先生则不然，毫无矜持，有话直说。学生便嬉皮笑脸，同他亲近。偶然走过校庭，看见年纪小的学生弄狗，他也要管："为啥同狗为难！"放假日子，学生出门，夏先生看见了便喊："早些回来，勿可吃酒啊！"学生笑着连说："不吃，不吃！"赶快走路。走得远了，夏先生还要大喊："铜钿少用些！"学生一方面笑他，一方面实在感激他，敬爱他。

夏先生与李先生对学生的态度，完全不同。而学生对他们的敬爱，则完全相同。这两位导师，如同父母一样。李先生的是"爸爸的教育"，夏先生的是"妈妈的教育"。夏先生后来翻译的《爱的教育》，风行国内，深入人心，甚至被取作国文教材。这不是偶然的事。

我师范毕业后，就赴日本。从日本回来就同夏先生共事，当教师，当编辑。我遭母丧后辞职闲居，直至逃难。但其间与书店关系仍多，常到上海与夏先生相晤。故自我离开夏先生的绛帐，直到抗战前数日的诀别，二十年间，常与夏先生接近，不断地受他的教诲。其时李先生已经做了和尚，芒鞋破钵，云游四方，和夏先生仿佛是两个世界的人。但在我觉得仍是以前的两位导师，不过所导的对象由学校扩大为人世罢了。

李先生不是"走投无路，遁入空门"的，是为了人生根本问题而做和尚的。他是真正地做和尚，他是痛感于众生疾苦愚迷，要彻底解决人生根本问题，而"行大丈夫事"的。世间一切事业，没有比做真正的和尚更伟大的了；世间一切人物，没有比真正的和尚更具大丈夫相的了。夏先生虽然没有做和尚，但也是完全理解李先生的胸怀的；他是赞善李先生的行大丈夫事的。只因种种尘缘的牵阻，使夏先生没有勇气行大丈夫事。夏先生一生的忧愁苦闷，由此发生。

凡熟识夏先生的人，没有一个不晓得夏先生是个多忧善愁的人。他看见世间的一切不快、不安、不真、不善、不美的状态，都要皱眉，叹气。他不但忧自家，又忧友，忧校，忧店，忧国，忧世。朋友中有人生病了，夏先生就皱着眉头替他担忧；有人失业了，夏先生又皱着眉头替他着急；有人吵架了，有人吃醉了，甚至朋友的太太要生产了，小孩子跌跤了……夏先生都要皱着眉头替他们忧愁。学校的问题，公司的问题，别人都当作例行公事处理的，夏先生却当作自家的问题，真心地担忧。国家的事，世界的事，别人当作历史小说看的，在夏先生都是切身问题，真心地忧愁、皱眉、叹气。故我和他共事的时候，对夏先生凡事都要讲得乐观些，有时竟瞒过他，免得使他增忧。他和李先生一样地痛感众生的疾苦愚迷。但他不能和李先生一样地彻底解决人生根本问题而行大丈夫事；他只能忧伤终老。在"人世"这个大学校里，这二位导师所施的仍是"爸爸的教育"与"妈妈的教育"。

朋友的太太生产，小孩子跌跤等事，都要夏先生担忧。那么，八年来水深火热的上海生活，不知为夏先生增添了几十万斛的忧愁！忧能伤人，夏先生之死，是供给忧愁材料的社会所致使，日本侵略者所促成的！

以往我每逢写一篇文章，写完之后，总要想："不知这篇东西夏先生看了怎么说。"因为我的写文，是在夏先生的指导鼓励之下学起来的。今天写完了这篇文章，我又本能地想："不知这篇东西夏先生看了怎么说。"两行热泪，一齐沉重地落在这原稿纸上。

怀念赵元任先生

王　力

去年（1981）5月17日，赵元任先生从美国回到北京。这是他在新中国成立后第二次回北京。第一次在1973年春天，周恩来总理会见了他。这次回来，邓小平副主席会见了他，中国社会科学院宴请了他，北京大学聘他为名誉教授。他的女儿赵如兰教授说，元任先生最满意的一件事是去年夏天他同女儿女婿回国来了。的确是这样，他的高兴的心情我看得出来，所以我两次劝他回国定居。他说他在美国还有事情要处理，他回去再来。去年12月，清华大学打电话告诉我，元任先生已决定回国定居，我高兴极了。不料今年（1982）3月他就离开了我们。

在去年6月10日北京大学授予赵元任先生名誉教授称号

的盛会上，我致了颂词。我勉励我的学生向元任先生学习，学习他的博学多能，学习他的由博返约，学习他先当哲学家、文学家、物理学家、数学家、音乐家，最后成为世界闻名的语言学家。

我在1926年考进清华大学研究院，当时我们有四位名教授：梁启超、王国维、赵元任、陈寅恪。我们同班的三十二位同学只有我一个人跟元任先生学习语言学，所以

图1 赵元任1925年回国后，曾担任清华国学院"四大导师"之一。1967年，赵元任被选为第五十四位加州大学研究（荣誉）讲师，图为出席仪式前，赵元任在家中预习演讲稿。

我和元任先生的关系特别密切。我常常到元任先生家里看他。有时候正碰上他吃午饭，赵师母笑着对我说："我们边吃边谈吧，不怕你嘴馋。"有一次我看见元任先生正在弹钢琴，弹的是他自己谱写的歌曲。耳濡目染，我更喜爱元任先生的学问了。

我跟随元任先生虽只有短短的一年，但是我在学术方法上受元任先生的影响很深。后来我在《中国现代语法》自序上说，元任先生在我的研究生论文上所批的"说有易，说无难"六个字，至今成为我的座右铭。事情是这样的：我在研究生论文《中国古文法》里讲到"反照句""纲目句"的时候，加上一个（附言）说："反照句、纲目句，在西文罕见。"元任先生批云："删附言！未熟通某文，断不可定其无某文法。言有易，言无难！"这是对我的当头棒喝。但是我还没有接受教训。就在这一年，我写了另一篇论文《两粤音说》。承蒙元任先生介绍发表在《清华学报》上。这篇文章说两粤没有撮口呼。1928年元任先生去广州调查方言，他写信告诉当时在巴黎的我说，广州话里就有撮口呼，并举"雪"字为例。这件事使我深感惭愧。我检查使我犯错误的"元凶"，第一，我的论文题目本身就是错误的。调查方言只能一个一个地点去调查，绝不能将两粤作为一个整体来调查。其次，我不应该由我的家乡博白话没有撮口呼来推断两粤没有撮口呼，这在逻辑推理上是错误的。由于我在《两粤音说》上所犯的错误，我更懂得元任先生"说有易，说无难"的道理。

我1927年在清华研究院毕业后，想去法国留学，元任先生鼓励我，说法国有著名的语言学家，我可以去法国学习语言学。从此以后，我和元任先生很少见面了。但是，元任先生始终没有忘记我。1928年夏天，他把他的新著《现代吴语的研究》寄去巴黎给我，在扉页上用法文写着"avec compliments de Y.R.Chao"（"赵元任向你问好"）。1939年6月14日，他从檀香山寄给我一本法文书《时间与动词》，在扉页上用中文写着"给了一兄看"。1975年，他从美国加州寄给我一本用英文写的《早年自传》，在扉页上写着"送给了一兄存"。我至今珍藏着这三本书。元任先生每十年写一封"绿色的信"，印寄不常见面的亲戚朋友，我收到他的第二封和第五封。

我常常对我的学生说，元任先生之所以能有那么大的成就，就是因为基础打得好。1918年他在哈佛大学取得了哲学博士学位，那时他才二十六岁。1919年他回到他的母校康乃尔大学当物理学讲师。1921年，英国哲学家罗素来中国讲学，元任先生当翻译。在他的《自传》里可以看出，他是以此为荣的。1922年，他翻译了《阿丽思漫游奇境记》。

1925年，他从欧洲归国后，在清华大学教数学，次年才当上研究院教授。在20年代，元任先生谱写了许多歌曲，如《叫我如何不想他》等，撰写了一些有关乐理的论文，如《中国派和声的几个小试验》等。哲学、文学、音乐、物理、数学，都是和语言学有密切关系的科学，这些基础打好了，搞起语言学来自然根深叶茂，取得卓越的成果。他写的《现代吴语的研究》《南京音系》《广西瑶歌记音》《钟祥方言记》《湖北方言调查》(主编)、《广州话入门》《北京话入门》《中国话的文法》《语言问题》等，都是不朽的著作。我们向元任先生学习，不但要学习他的著作，还要学习他的治学经验和学术方法。

元任先生是中国的学者，可惜他在中国居住的时间太少了。据他的《自传》所载，他1910年至1919年在美国住了十年，1920年至1921年在中国，1921年至1924年在美国，1924年至1925年在欧洲，1925年至1932年在中国，1932年至1933年在美国，1933年至1938年在中国，1938年至1982年在美国居住四十四年（1973年、1981年回国两次）。假使他长期住在中国，当能对中国文化做出更大的贡献。据我所知，中华人民共和国成立以来，我们的政府一直争取元任先生返国。最后将近实现了，而元任先生却与世长辞。这不但使我们当弟子的深感哀痛，我国语言学界也同声叹

惜。最后，我把我的挽诗一首写在下面，来表示我的悼念
之情：

> 离朱子野逊聪明，旷世奇才绝代英。
> 提要钩玄探古韵，鼓琴吹笛谱新声。
> 剧怜山水千重隔，不厌辀轩万里行。
> 今后更无青鸟使，望洋遥奠倍伤情！

追忆三位中学老师

缪　钺

　　在1918年至1922年期间，我年十四岁至十八岁（按新算法），肄业于保定直隶（即今河北省）省立第六中学。校舍在保定西南郊，为灵隐寺故址，前临清溪，背负旷野，环境幽清，宜于读书。四年之中，我受业于三位国文教师，对我教益很大，至今记忆犹新。

　　初入学时，束鹿高兰坡（庆题）先生教我们国文。第一次作文题是《暑假纪事》，我交卷后，得了很好的评语，因为我从小即在家中读古文，学作文言文，所以在这方面比一般同学熟练一些。高先生当时四十岁左右，性情开朗，讲书时议论风生，对同学启发很大。他的思想在新旧之间，他认为，公羊家能发明孔子修《春秋》之精义微旨（这大概是受康有为的影响），又认为，法家韩非子循名责实的主张是对的（这大概是受严复的影响），给我们选讲了好几篇韩非子的短篇论辩之文，称赞其笔锋犀利；他对于当时胡适所提倡的白话文持反对态度。我常将所作小诗请先生批改，有一次，我写了一首《蟋蟀》诗。

唧唧果何诉？逢时自作声。

露珠供啜饮，草地任纵横。

旷野风何急，萧斋烛半明。

穷秋霜雪降，能得几时鸣？

先生说，"萧斋"可以改为"空堂"，因为"堂"字声音响亮，且暗用《诗经·唐风·蟋蟀》"蟋蟀在堂，岁聿其莫"的典故，更为贴切。我因此更领悟了作诗炼字用典之法。高先生要我多读汉魏古诗，植根深厚。高先生只教了一学期，就赴天津教育厅任职，但还是常与我通信，我也常寄所作诗文请教。先生总是复函奖勉，认为我天性近于文学，将来可以深造。先生工书法，善尺牍。有一次，我寄函请先生写条幅，并说，待买得好宣纸，随即奉上。先生复函说："欲求羊欣之书，不必买洛阳之纸也。"可见其信手写来，吐属高雅。

第二位国文教师是马献图先生，肃宁人，五十多岁。

他没有高先生的才华，但是为人朴诚，讲书非常尽力，详尽透彻，唯恐同学有听不懂者。同学有问题，总是尽心回答。马先生第一次上课，选讲欧阳修《释祕演诗集序》，给同学印象很深，有的调皮的同学私下戏称先生为"老祕演"。马先生教我们一年，他的勤恳讲课，循循善诱，博得同学们的敬仰。有一次，一位同学在所作文章中用了一个僻典，发卷时，马先生问他："此典出自何处？"一位五十多岁的老教师竟肯向一个十几岁学生不耻下问，这是何等的虚怀雅量！

马先生教我们一年就离去了，继之者是王心研（念典）先生，一直教我们到毕业。王先生，宁河县人，是桐城吴至甫（汝纶）先生的再传弟子。吴至甫于清末在保定莲池书院任山长多年，教泽广被。王先生讲文章注重桐城义法，所选课文多取材于《古文辞类纂》与《续古文辞类纂》，并且勉励我们学作桐城派古文。我在家中少承庭训，喜读萧统的《文选》，尤其欣赏魏晋间文，清疏淡雅，起止自然，而觉得桐城义法未免局促。不过，桐城派古文也自有其长处，布局严谨，详略适宜，词句雅洁，系统紧密。我受了两年多的桐城派古文训练之后，以后行文，无论是文言或白话，都能爽洁简要，无烦冗芜杂之弊，其中自然有王先生陶冶之功。我从小喜欢读诗，多是读唐诗，如《唐诗别裁》，但是学作诗时则喜欢吴梅村、王渔洋的律诗、绝句，容易模仿。我写录所作小诗请王先生指教时，先生说："你的诗气骨靡弱，可多读黄山谷、陈后山之作以矫其弊。方东树《昭昧詹言》论诗精细，可以参看。"我于是读黄、陈二家诗，略有领悟。有一个寒假中，同班同学李守谦、许君远都回家（安国县）去了，在旧历新年人日（正月初七），我寄给他们一首七律诗：

> 共居未谂离群苦，小别相思情转亲。
> 过岁况逢华胜日，寄诗肯负草堂人？
> 丰年瑞兆千村雪，爆竹声喧万户新。
> 何日雍容一樽酒，西园相对赏芳春。

开学后，我将此诗面呈王先生，王先生很称赞，认为我的诗又进一境了。从此我亦爱读宋诗。总之，王先生在指导作文作诗方面，对我的教益是很大的。

我自中学毕业后，考入北京大学肄业，其后因从事教书工作，游走四方，得到不少良师益友的帮助，使我治学更向深广方面发展。但是十余岁读中学时三位国文老师对我的教益，仍然使我饮水思源，终生感念不忘。

饮水思源

施蛰存

松江县第二中学的前身，在淞沪抗战以前，曾是江苏省立第三中学。我在这个中学里肄业四年，直到毕业。因此，今天的松江县第二中学，也是我的母校。现在，我的母校举行八十五周年校庆纪念，邀我以校友身份，写一点文字，共同庆祝。

我写了"饮水思源"四个字，以表示我对母校的感恩。这四个字并不是空泛的礼貌语，我确实感到当年在这个中学里读书四年，对我以后的生活、行为和事业，都很有影响。

第三中学还不是江苏省立中学里最好的一个，但也可以说是很好的一个。在历任热心教育事业的校长的苦心筹

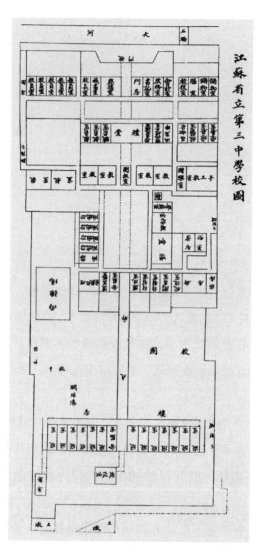

图1 江苏省立第三中学校图（局部）。

措之下，这个中学至少有两点长处为当时中等教育界所公认，也是使我终身受益的。

第一点是师资好。在四年肄业过程中，给我授课的教师不少，有些任教时间不长的，我已不记得其姓名了。但有些教师，我至今也还记得，而且他们上课的形象，也还在我眼前。国文教师秦卓夫先生，无锡人，教一、二年级国文。他朗诵古文的声调非常动人，能读出文章的感情来。徐允夫先生，常州人，教三、四年级国文。他选的教材极为开明。他给我们讲江淹的《别赋》，唐人小说《南柯太守传》《红线传》，施耐庵的《水浒传》。这些都是教科书中不收的，徐先生用作补充教材，使我在正统的唐宋八家古文之外，开了眼界。蒋韵笙先生是本地人，词曲家，能吹笛子，唱昆曲。校长请他来给四年级学生讲词曲，作为国文课的补充课，每星期讲两次，在下午三点钟以后授课。我对词曲的知识，就是在那时候启蒙的。

叶颂藩先生教英文文法。他在校时间最长久。从二年级起，他给我们每年讲一本《纳氏文法》，从第二册讲到第四册，使我们掌握了英文的文法结构。我升学到之江大学以后，跟外国教师学英文，他们就不大讲究文法。有些从教会中学升上来的同学，他们的口语比我好得多，可是他们都不会分析复合句子。

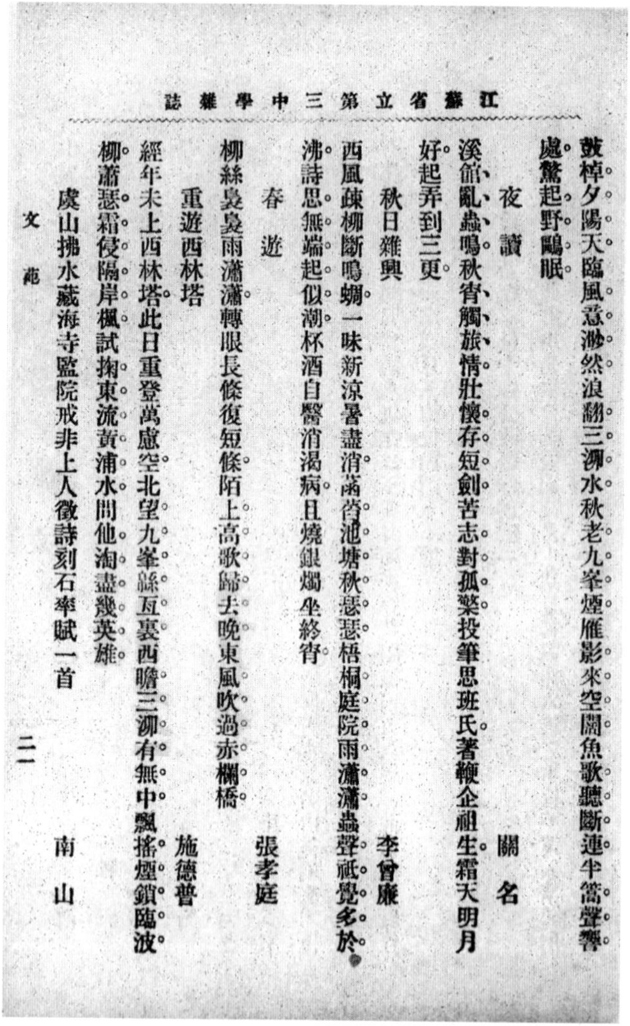

江蘇省立第三中學雜誌

敲棹夕陽天臨風意渺然浪翻三泖水秋老九峯煙雁影來空闊魚歌聽斷連半笛聲響。

闕名

處驚起野鷗眠。

夜讀
溪館亂蟲鳴秋宵觸旅情壯懷存短劍苦志對孤檠投筆思班氏著鞭企祖生霜天明月
好起弄到三更。

李會廉

秋日雜興
西風疎柳斷鳴蜩一味新涼暑盡消滿沼池塘秋瑟瑟梧桐庭院雨瀟瀟蟲聲祇覺多於
沸詩思無端起似潮杯酒自醫消渴病且燒銀燭坐終宵。

張孝庭

春遊
柳絲裊裊雨瀟瀟轉眼長條復短條陌上高歌歸去晚東風吹過赤欄橋。

施德普

重遊西林塔
經年未上西林塔此日重登萬慮空北望九峯絲互裏西瞻三泖有無中飄搖煙鎖臨波
柳瀟瑟霜侵隔岸楓試掬東流黃浦水間他淘盡幾英雄
虞山挑水藏海寺監院戒非上人徵詩刻石率賦一首

南山

文苑

二

图2　1920年，施蛰存以"施德普"为笔名发表在《江苏省立第三中学杂志》上的旧体诗《重游西林塔》书影。

我在四年级的时候，担任英文读本的教师是汪小颂先生。他刚从圣约翰大学毕业，就被校长请来了。他给我们讲了大半本司各特的《艾凡赫》，使我对英国文学和19世纪英文有了初步的训练。

有一位历史教师，我已忘了他的姓名。他上历史课不用教本，但他讲得比教本详细。他熟悉历史，讲史事时有批评、有议论。可惜这位先生下学期不来了。接任的一位年轻教师，上历史课就像说书，喜欢"摆噱头"，例如讲唐明皇和杨贵妃的恋爱事情，讲得眉飞色舞，态度很不庄重，同学们虽然很高兴听，却并不尊敬他。

数理化师资方面，代数课的华祇文先生，物理、化学课的许栋材、张江澍先生，都是在中等教育界著名的，很受学生的爱戴。可惜我无志于理科，仅能考个及格分数，未免辜负了良师。

美术教师在高年级学生的眼中是无足轻重的，因为没有他的课。但有一年，请来了一位朱侗僧先生，是位书画家，满房间都挂着他自己的书画。我常常在午饭后休息时间到他房间里去看"书画展"。他给我讲中国画的道理，以及欣赏书画的基础知识。我对于书画的兴趣，可以说是朱先生开始培养起来的。

第二个长处是纪律严。当时，松江三中的纪律严，该归功于两位先生。一位是舍监顾先生，专管住宿生的自修室及宿舍，我是走读生，不受他管，和他接触的机会极少，因此连他的名字都记不起了。另一位是学监，专管上课时间的全校学生。我在三、四年级的时候，学监是相菊谭先生，后来他成为江苏省教育界的名人。

相先生整天坐在学监室里。每个学生早晨到校，要从门房里领取自己的名牌，挂到学监室里，这是每天第一次见相先生，要向他行一个鞠躬礼。下午课毕放学，要从学监室里取下名牌，带到门房里去挂上，这是每天最后一次见相先生，也要一鞠躬。

上课的时间，是相先生空闲的时间，他或者坐在学监室里办公，或者到走廊里、阅报室里、厕所里去巡视，查查清洁卫生情况。下课铃一响，相先生就从学监室里踱出来，站在几个固定的地方，远远地注视学生的活动。学生中如有打架、骂人、讲下流话、衣衫不整，他都要管教。严重的，就把那学生叫到学监室里去训话。学生常常幽默地说是去"吃大菜"。

相先生对学生管教得很严，但是并不威。他对任何一个学生，总是很和善地开导。学生对他的训诫，很少有反感。一般总是静静地听他教训，默然退出，以后就不再犯了。一个人的举止、行为，多数都是定型于中学生时代。如果在中学时期没有得到良好的品德教育，将来无论升入大学或在社会上就业，便很容易放纵恣肆，近朱，近墨，自己不易把握了。

我把自己在第三中学肄业时身受的一些教学情况记录下来，给今天的松江二中增加一些关于校史的具体资料。同时也希望今天的中学老师有所参考，努力自强，克尽厥职，做一个好的教师，使学生们将来永远记得你。

钱玄同印象

任访秋

　　1929年暑前，我毕业于开封河南第一师范文科。当时我的堂兄在商丘任小学教师，他曾为我谋得一小学教师的席位，但被我辞掉了，因为我准备到北平升学深造。不久我就与同班徐绪昌君一同去北平，住在沙滩一个小公寓里准备功课。等到各大学招生日期到后，我就报考了三个学校，即清华、北大、师大。结果我考取了师大，徐君却未考取，后来考入了燕大。

　　我入学以后，得知我所上的中文系的主任为钱玄同先生。我在一师读书时，即已知先生之名，他在五四文学革命时期，是反对古文学，提倡新文学的先锋战士。后来在史学界，又是与顾颉刚提出"疑古"主张最力的学者。为

图1 钱玄同像。

了"疑古"竟将名字改为"疑古玄同"。因此我对先生的革新精神，是非常佩服的。

入学后的第一学期，他就为我们开了一门必修课"国语沿革"，从课程内容上看，实际是国音的发展史。先生不用"史"，而用"沿革"，我想是颇有谦虚之意的。

先生是清末民初国学大师章炳麟（太炎）先生的高足。

章氏在文字学同经学上，继承了清代乾嘉以来皖派学者，从戴震，历段（玉裁）直到二王（念孙、引之）的治学方法与精神，而又有所发展。而先生又继太炎之学，同样又有着新的开拓与变化。

先生对所教课程内容极其熟悉，上课有他个人的讲授特点：

一、一上讲台即开始讲授课程内容，从不说一句闲话。二、讲话非常快，如果不专心倾听，那么笔记就记不上。三、从不念讲稿，而且根本不带讲稿。他只带一本一般学生练习英语的笔记簿，封皮上写着："讲到哪里了"并在后边画了个大"？"，里边记得他上次课讲到了什么地方，便于下次接着前边的讲。四、先生对所引用的典籍，记得非常熟。引征时，背诵原文，脱口而出，充分说明先生功力深，记忆力强。

我读到二年级，先生为中文系一、三、四各年级开了两门选修课，即"说文研究"与"经学史"。我当时都选了。前一门的内容，大体可分为三大部分：一、许慎《说文解字》在成书前与成书后，中国文字在形义上的产生与发展概况。二、《说文》到了清代，为何受到朴学家们的重视而成为专门的学问，并对各家研治《说文》的成果进行了评述。三、关于《说文》部首，对后人有争议的问题进行分析与评论。并时时引用殷墟出土的甲骨文字，加以论证。我曾记有课堂笔记，但记得不免有挂一漏万之嫌。经学史课，内容上也可以分作三个方面：一、经学从"五经"到"十三经"，把古籍一部部列为经典的历史情况。二、从汉以后，直到清代，历代学者对经学研治成绩的概述。三、对历代学者治经的方法态度与观点的比较与评价。

我从听了钱先生这几门课后，真是眼界大开。钱先生讲学，绝不是因袭，或重复前人的观点与说法，而是随时随地都有他个人独特的见解，能够发人深思，能予听者以举一反三的效果。

先生治学，不仅继承了乾嘉时期皖派学者以戴震为首的治学精神，而且在五四后，也接受了西方的科学精神。先生最初受业于章太炎，是宗法古文经的。后来又从崔适受业，崔是宗法今文经的。他不仅读了崔氏的《史记探源》，阐明刘歆所提倡的古文经之不可信，并从崔氏那里读到康有为《新学伪经考》，于是更坚定了古文经为刘歆所伪造的说法，最后他终于摆脱了今古文两派的门户之见，而以纯客观的态度，来评论两派，肯定他认为他们正确的一面，否定其错误一面。先生这种科学的精神给我们以极深的影响。我在大学读书时，曾仿公安派袁宗道，在创作上宗法乐天与东坡，命名其斋为"白苏斋"之例，而把我的书斋，命名为"同适斋"。"同"即先生名字的末一个字，而"适"则为"胡适"的末一个字。说明我当时治学的倾向，是如何仰慕他们了。

我在大学读书时期，曾写过一本《柳宗元评传》，当时请先生为该书封面题签。后来该书为一友人拿去，作为他考研究生的论文，因此以后再不曾问世。直到20世纪50年代，我发表在《新建设》上的《论韩柳散文》一文，才将我对柳的看法，复映在这篇文章中。

1936年，我到北大研究院学习，曾到孔德学校访过先生，当时先生已患高血压症。后来在研究院答辩后，我还在东安市场一家西餐馆宴请过他和周作人与黎劭西三位先生。

抗日战争爆发后，北师大与北平大学迁到陕西城固，成立西北联大。但先生因病，未能随学校西迁。到了1949年，听到先生逝世的消息，心中非常伤痛！于是写了篇《纪念先师疑古玄同先生》一文，发表在西安一个朋友主编的《力行》月刊上，后曾收入我的论文集《中国文学史散论》中。1980年我又写了篇《钱玄同论》，发表在安徽出版的《艺谭》杂志上，后收入我的论文集《中国近代文学作家论》中，作为该书的附录。1986年山东齐鲁书社出版的曹述敬所著《钱玄同年谱》中，也收入了这篇文章。我对先生有无限怀念之情，这篇可说是纪念先生文章的第三篇了。

我的老师周辅成先生

赵越胜

1975年严冬，临近年关的一个晴朗寒冷的周日下午，我敲开了朗润园十公寓204的门。

门轻轻开了，一位中年妇女当门而立，体态停匀，头发梳得净爽，一副南方妇女精明强干的样子。她就是先生的夫人，我后来一直称师娘的。师娘说话声音极轻，说："周先生在等你。"师娘在我面前都是这样称呼先生的。我进门，扑面一股暖气，夹杂着饭菜香。门厅甚暗，未及我眼睛适应光线，先生已从对面的一间屋子里走出，连声说欢迎欢迎，便引我进屋。这是先生的客厅，但大约同时住人，两只简陋的沙发，上面套着白布罩子。靠墙有张大床。后来才知道，有一段时间先生这套四居室的单元竟同时住过三

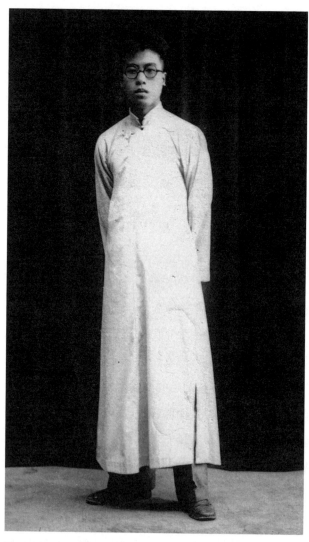

图1 1931年，清华大学学生时代的周辅成。

家人。而我去时，仍有一户与先生同住。住房条件够恶劣的。

我刚落座，先生就忙着倒水。茶几上的圆盘里放着一罐麦乳精，一瓶橘汁，是那种需要倒在杯子里稀释了喝的。我想这是当时中国民间能见到的最高档的饮料了。后来知道先生爱喝咖啡，但那时很难找到咖啡，先生大约就用麦乳精中加入的那点可可来替代。我忙起身，接过先生冲好的那杯热气腾腾的麦乳精，请先生坐下。心想就我这么个工厂里摸爬滚打的糙人，居然要喝麦乳精，先生太客气了。先生随便问了几句家常，知我母亲原来也是清华的学生，便说，那我们是校友，将来有机会去看看她。我忙说家母在清华拿读书当幌子，革命为主，属于不务正业。先生笑了笑说，她那才是正业哩。话入正题，先生说，希腊罗马哲学一个月四次课就完了。时间短，内容有限，你要有兴趣于哲学，怕还要多读一些，因为它是基础。我可以告诉你要读哪些书，我这里还有几本参考书，你看了，有问题再谈。我便把年内要来北大哲学系读书，没来成的事简述了一下，大约表示了有心向学的意思。先生注意听了，便说，这不是坏事，真到北大哲学系里你就读不了书了。他们很忙，就是不忙读书。倒是你现在这样好，时间集中，可以专心读书。先生说，要读希腊哲学，先要读希腊历史。希罗多德的《历史》和修昔底德的《伯罗奔尼撒战争史》是

图2　周辅成摄于1936年。

要紧的。我那时只在商务印书馆出的《外国历史小丛书》中读过介绍伯罗奔尼撒战争的小册子。希罗多德的名字从未耳闻，便问先生可有他的书。先生说有，过一会儿找给你。先生随即就讲起了希腊城邦的结构、社会等级、公民与奴隶、雅典与斯巴达的特点。不用讲稿，娓娓道来，条分缕析，启我心智大开。我拿出准备好的笔记本，仔细记下先生所述。先生说，这些都在书上，我给你提个头，你倒是读书时要多记笔记。

先生又问我，可曾读莎士比亚的戏剧。我一时反应不过来，不懂先生何以从希腊一下子跳到莎翁。便嗫嚅道，读过，但不多，只《哈姆雷特》《李尔王》等几部。也巧，上初中时，班上有一姚姓同学，住炒豆胡同安宁里，其父供职中央戏剧学院。他家中有《莎士比亚戏剧集》，是朱生豪的译本，我曾借来胡乱读过一些。先生说，初中生，十三四岁，读不懂的。现在可以重读。我问先生莎士比亚和哲学有何关系，先生提高声音说，莎士比亚的戏全谈人生哲学，比哲学家高明得多。先生又说，一等的天才搞文学，把哲学也讲透了，像莎士比亚、歌德、席勒。二等的天才直接搞哲学，像康德、黑格尔，年轻时也作诗，作不成只得回到概念里。三等的天才只写小说了，像福楼拜。说罢大笑，又补充说，我这是谈天才。而我们这些读书人至多是人才而已。若不用功，就是蠢材。那时先生讲的话我不全明白，只觉得这里有些东西要好好想想。后来读了先生1943年的力作《莎士比亚的人格》，才明白先生治学，是以真、善、美的统一为人生与思想的最高境界。先生以为莎士比亚"具有一种高越的人格，他用他的人格，能感触到真的最深度"。

我对先生说莎士比亚的书不好找，又说到家里有一套"人人丛书"的英文版，是家母学英语时用的。家母的同学

图3　周辅成与学生在北大校内。

刘正埮先生是英语权威，曾编《英语常用词辞典》。他住在南锣鼓巷政法学院宿舍，时来家中走动，我曾听他用浑厚的男中音朗诵过这套书中的《哈姆雷特》，据说他是"标准牛津音"。先生大喜，说那就直接学读英文原版。我说我的英文程度太低，读不懂的。先生沉思片刻，坚定地说，你第一件要做的事是学英语。不懂外文，学不深的。将来你要读的书大多是外文的。现在回想，不知先生为何认定我会去念外国哲学。1975年，我二十来岁一个小工人，英文大字不识一升，而先生似乎先知先觉，已经看到国家要大变了。

　　几天后，收到先生一则短函，说七日他要进城看望朋友，约我晚上在萃华楼饭庄与他见面。我心中有点奇怪，先生为何要约在饭馆见面。后来次数多了，才知这是先生的一个习惯。萃华楼饭庄在灯市西口和锡拉胡同之间路东。我按时赶到，推门进去，见先生已在店堂深处入座。我急趋前，问先生为何约我至此。先生说他在城中看完朋友正是该吃饭的时间，上次的话没说完，正好可以见面，吃饭说话两不误。我很少在饭馆吃饭，少年时曾跟着一些大小"晃儿"去过莫斯科餐厅，边看那些张狂男女吹牛"拔份儿"，边低头猛喝奶油红菜汤。最喜欢就着抹了黄油果酱的方面包，喝甜腻腻的樱桃酒，喝着喝着觉得自己常佝偻着的瘦弱身躯竟壮硕起来。对先生讲了这些，先生笑笑说，莫斯科餐厅他也曾去过，但那里"太高大了"，人在里面有点不合比例。此外，也太吵闹了些。我四面打量一下这个餐厅，才觉得这里清静，大小适度，适合先生这种儒雅之人。

　　先生点了菜，等候着，便开始问我上次拿的书读了没

图4　20世纪50年代，北大哲学系教师于颐和园佛香阁前。

有。我告他先读了汤姆逊的《古代哲学家》，因为先生嘱我希腊哲学还要多看，所以先读有关希腊哲学的综述。先生马上说，汤姆逊的这本书水平不高，他是想用历史唯物论观点看希腊哲学的发展。但有的地方太牵强，没有说服力。其实我已经注意到先生读这部书时在天头地脚密密麻麻写满了批注，对这部书的论述方法多有指责。先生说你只需从这本书得一线索即可。希腊哲学中最重要的问题，他多有忽略，比如苏格拉底，他几乎一字不提。柏拉图的《申辩篇》你一时还不能领会。我要告诉你，读哲学第一步就是读懂苏格拉底，他是哲学家们的哲学家，这一点你要用心记住。看先生严肃的样子，我岂敢不用心记。

我聚精会神听先生讲，同时记着笔记，几乎没动筷子。先生却边说边吃，毫不在意。猛然发现我面前的饭几乎没动，便说该课间休息了，先吃饭。我狼吞虎咽吃完了饭，便抢着要去付钱，先生拦住我说，你才挣多少钱？我们两人比，我是 rich peasant，你是 poor peasant，便自己去付了钱。那时我是二级工，挣三十九块八大毛，先生的教授工资大约有二百多块。从此先生和我去饭馆见面，总是先生付钱。

离开萃华楼，天大黑了。我陪先生到地安门，便分了手。先生乘7路无轨去动物园换32路回北大，我乘5路汽车去德

胜门换车回清河。赶回学校，校门已关，翻墙进校，悄悄
溜回宿舍，躺在床上把先生所讲在心里回述一遍，结果再
难入睡。朦朦胧胧似乎睡了，觉得有人推肩膀，睁眼一看，
同屋的守法站在我的床边，两眼含泪，哽咽着说："越胜，
周总理去世了。"那是1976年1月8日的清晨。

怀念叶公超老师

赵萝蕤

陈子善先生约我写一篇回忆叶公超老师的小文，我太高兴了。

但是从哪里谈起呢？

我是1932年大学毕业后考入清华外国文研所当研究生的。在此以前，不是不知道叶公超先生是何许人。我在燕京当学生时曾在朗润园的草坪上演出过莎士比亚的《皆大欢喜》，充当女扮男装的罗莎林，那时候听说过叶公超老师也来看了，并且有人指出："哎，那就是他！"他是闻一多先生的好朋友；因为和梦家的关系，我也和闻先生熟起来。闻先生创办《学文》这个短命的杂志时让我翻译外国的文艺理论。自然就知道有个才华出众的叶公超先生，外国文学专家。不过当他的学生则是1932年以后的事。

我是个拘谨怕羞的姑娘，严肃安分得像座山一样，而他那时还没有结婚，我只是偶然到他那坐落在北院的家里。他屋里的书架遮满墙壁，直碰到天花板。我上的课是文艺理论。他在这方面信息灵通，总能买到最新的好书，买多了没处放就处理一批，新的源源不断而来。他一目十行，没有哪本书的内容他不知道。作为老师，我猜他不怎么备课，不像后来我自己当老师时恨不得字字句句都早早准备好才上堂去。他只是凭自己的才学"信口开河"，说到哪里是哪里。反正他的文艺理论知识多得很，用十辆卡车也装不完的。

我没有跟他学当代文学，后来戴望舒先生约我翻译艾略特的《荒原》。那时已是我当研究生的最后一年，我的"译者注"得益于美籍教授温德先生。

然而很可能叶老师的体会要深得多，这在后来他为我的译文写的序中可见一斑。温德教授只是把文字典故说清楚，内容基本搞懂，而叶老师则是透彻说明了内容和技巧的要点与特点，谈到了艾略特的理论和实践在西方青年中的影响与地位，又将某些技法与中国的唐宋诗比较。像这样一句话："他的影响之大竟令人感觉，也许将来他的诗本身的价值还不及他的影响的价值呢。"这个判断愈来愈被证

图1 陈梦家与赵萝蕤。

图2 中年的赵萝蕤。

明是非常准确的。

我请他写序时他说:"要不要提你几句?"我那时年少无知,高傲得很哩,回答"那就不必了"。现在想起来多么愚蠢,得他给我提些意见,不管是好是坏,该多么有"价值"呢。

后来他结婚了,夫人是我在燕京时的一个比我班次高的同学。我有时到前铁匠营他们的寓所去串门。他们的生活令人羡慕：一所开间宽阔的平房，那摆设证明两位主人是深具中西两种文化素养的。书，还是书是最显著的装饰品，浅浅的牛奶调在咖啡里的颜色，几个朴素、舒适的沙发，桌椅，台灯，窗帘，令人觉得无比和谐；吃起饭来，不多不少，两三个菜，一碗汤，精致，可又不像有些地道的苏州人那样考究，而是色味齐备，却又普普通通，说明两位主人追求的不是"享受"而是"文化"；当然"文化"也是一种享受。

　　如果说叶老师什么地方有点令人不十分自在的，也许是他那自然而然的"少爷"风度，当然决非"纨绔子弟"的那一种。也许他的非凡才华使他有时锋芒毕露，不过绝没有丝毫咄咄逼人"拒人于千里以外"的味道。人们还是喜欢听他那天南地北的神聊。我这位老师的"修养"是不凡的。

　　后来就是日本大举入侵的战争年代了。清华大学和别的大学一起从长沙到南岳，到昆明，到蒙自，又回到昆明。我已记不大清了，似乎夫人和女儿没有跟着老师到昆明。至少他似乎没有什么家可供人们串门的了。相反，叶老师有时到我家来，因为我那时已和梦家结婚。那还是南下以前的事。他送我们的结婚礼物是一个可作灯具的朱红色的大瓷瓶，矮矮的一个单人沙发床，一套带着硬壳的哈代伟大诗剧《统治者》。

　　1944年我们取道印度乘运兵船去美国，从此就没有再见到叶老师，只和居住在美国的夫人通过几封信。1981年我重访美国，于年底在哈佛大学费正清教授那里听到叶公超老师逝世的噩耗。我于1980年重新详细修订了《荒原》，并在多处发表，但却从来没有同时发表过叶老师写的那篇十分精彩的序。现在这篇序已经收在陈、秦两位先生合编的《叶公超散文二集》中，那就太好了。

我们的老校长

端木蕻良

"我们的老校长",凡是南开同学,听到了这个称谓,都会知道这就是"张伯苓"三字的同义词。

南开校史的第一页,是以"严家私塾"字样来写的。校长、教员、管理员,都是张伯苓一个人担任。

天津南边,有一块盐碱荒地,芦苇杂草都不愿在这儿生长,它是一块地地道道的弃地,倒是蚊子和蠓虫滋生的王国。

张伯苓得到这块弃地,才到处捐款,逐步发展了后来的南开中学。再后来又创办了南开大学,以及南开女中和南开小学。有趣的是,天津地方话,是把洼地叫作"开洼"的,"南开"也和"西开"一样,是指距南边和西边一带

图1 张伯苓在南开大学木斋图书馆动工仪式上。（来源：南开大学档案馆）

无名洼地的当地叫法。南开中学在南边开洼地方建校以后，都是一直向南开发，一直开发到有名的八里台，成为一座耸立在东方的世界知名的学校。她是在自力更生中出现的，她经历了两次世界大战，多次军阀混战，她有着光荣的革命传统，人们用开拓者的形象来表现"南开精神"的实质，可以说是名副其实的。

不错，南开的校史，正是一部从无到有的教育发展史，是一座开拓精神的胜利丰碑。

我们的老校长，是中国近代史上一位杰出的人物，很值得专门研究。我国有句俗语，对一个人来说，须要盖棺，才能论定。我们的总理周恩来同志，却说过：盖棺也不能论定。我很信服这句话。

教育家可比种树人，一棵树的种子，有的是成心播种的，有的是被风带走的，有的被鸟儿啄食之后，落到更远的地方……

树人要比种树更复杂，也更艰苦。张伯苓在腐败的清朝末叶，选择了这条艰苦的路，揭开南开创业史的第一页，这个起点就是可贵的。

天津是北方初期资本主义发展的重镇，这也是南开创业的土壤。因而，也必然在张伯苓校长的头脑上打下了烙印。

对于我们的老校长，做全面的评价，我是无能为力的。我现在趁老同学约稿之际，提供有关张伯苓二三事。因为是我切身经过的，别人很少知道的。也许有助于了解张伯苓校长，也未可知。

大概是我在高一那年，有一天，我收到一封信，是校长办公室的信封和信笺。开头称我为"京平弟"，下款是属"张伯苓"。我那时，才十七八岁，我认为称我为"同学"就可以了。信中约我在约定时间到校长室来谈谈，没有别的事。

到时候，我按时而去，屋里没有别人，校长顺便问我的籍贯和学习情况，他更注意的是问我课外读什么书。我告诉他，我读老舍作的《老张的哲学》，他点着头，脸上露出笑容，并且夸说他写得好。在我印象中，他好像不大提到文学似的，所以，没想到他也看了这部小说。接着他又说，最近蔡元培先生写过一篇有关青年问题的文章，问我看过吗？我告诉他发表在《中学生》上，我已看过了。他便问我文章的要点是什么。我说，蔡先生要求青年要有骆驼般的韧性，蜜蜂般的辛勤，第三条我现在忘记了。那时，我把三条都说对了，老校长非常高兴。他还问我看过蔡先生别的什么文章，我告诉他，我读过《以美育代宗教说》《劳工神圣》等篇，他听了频频点头。

老校长说蔡元培先生是一位很了不起的教育家，他主张"科学和民主"，言外之意，是对蔡元培表示佩服和尊敬。那时，我已觉察到张伯苓很注意"经济"，后来，他在大学设立了经济研究所，但我没有提这个，便告辞出去了。

张伯苓是个实干家，在教育理论上他没有著书立说，至少我未见到过；他又是个很好的演说家，但他的演说集是否有，我也不知道。但是，他的教育思想，是受到蔡元培的影响，可以从这一段经历中体会得到。所以，我才把它写出来。

还有一件事情，就是，南京晓庄师范被封闭，校长陶行知被通缉时，陶行知被迫出国，他便写一封信给张伯苓，希望他的儿子陶宏能到南开来读书。陶行知的教育思想和办校方法，是和南开不同的。陶行知公开反对培养"双料少爷"，但是张伯苓却发给了黎绍基毕业文凭。其实，他并没有入学，只因为他是黎元洪的儿子的缘故。当然，这和南开是私立的，老校长在旧社会中奔走中外，栖栖惶惶，募集基金是分不开的。

可贵的是，陶行知决定把儿子托付给张伯苓，而张伯苓并不管南京通缉陶行知这个问题，欣然答应，并使陶宏免费入学，也不害怕陶宏把晓庄师范的思想带到南开来。这可以是近代我国教育史上一段佳话！

另外一件事，就更使人感动了。

1935年我去上海，开始了专业写作时，十九路军在上海打响了。上海人民热烈拥军，我在兴奋之余，有时到高楼顶上，有时到外滩去观战。

有一天，我和巫一舟、杨体烈三人，在外滩观战，恰巧遇到最有名的战役，我们的机群出动轰炸日本"出云舰"。这个历史上最光辉的一刻，刚好被我们赶上。中国飞机不顾日本的高射炮火组成的火网连续向"出云舰"投弹。不多时候，只见日本引以为骄傲的"旗舰"就被炸毁了。

后来，我听到南开老同学告诉我，老校长的"老四"张锡祜是空军，就在这次轰炸"出云舰"时牺牲了。这事使我沉思了很久。张锡祜和我同班，他是老校长的小儿子，尤其是张师母最心爱的一个，老校长居然让他参军抗日去。所以，我认为"教育救国"四个字，还不足以概括我们老校长呢！

老校长创造了"南开精神"。听到"南开精神"这个词儿，至少也有半个世纪了。五十多年前，我在天津南开中学读书，在学校的集会上，或者是在校庆的时候，便听到校长张伯苓用"南开精神"这个词儿来勉励大家。后来，听到他和他弟弟张彭春，对这个词儿做过解释，给我留下了深刻的印象。

"南开精神"是"开拓精神"的同义词！

在美国，历史家把开发西部的人，叫作"pioneer"，也就是"开拓者"的意思。

当时，张伯苓校长就是用"pioneering"（开拓）这个词儿来概括所谓"南开精神"。这个印象对我是很深刻的。因为，联系南开校史，就会知道，使用这个词儿来形容南开精神，是符合历史真实的。对南开同学来说，是有鼓舞力的。对每个新老校友来说，这个词儿也是能道出他们是充满活力的。不错，南开校友们没有辜负母校的培育，不但没有忘记他们的传统，而且，他们各自坚守在自己的岗位上，把"南开精神"仍然当成他们的座右铭。随着时代的不断前进，甚至做到了刷新这个传统精神，赋予它新的内容。

"南开精神"是张伯苓校长留给南开，留给每一个南开人的宝贵财富。

我写到这里，窗外的曙光已经透进室内，新的一天又开始了，我深深吸了一口窗外的新鲜空气，耳边似乎又响起了南开"啦啦队"的吼声，正在号召人们前进，加油，干！干！干！

"南开！南开！Ra！Ra！Ra！"

"南开！南开！Ra！Ra！Ra！"

我的两位恩师

张进仁

在我学生时代的成长过程中，是父母和老师教我怎样做人，是老师传授给我知识，其中有两位老师让我终生难忘。

我老家在四川省乐山县（现乐山市市中区）平兴乡，离县城数十里，名副其实的穷乡僻壤。1953年9月，我进入滑石小学读高小（小学五、六年级）。当时才解放三年多，农村相当落后，人们在艰难困苦中度日，能上学读书是件十分奢侈的事情。我们学校由一个古老的庙子改建而成，毁掉正中的泥塑菩萨作为礼堂的舞台，两侧长长的厢房是每个年级只有一个班的教室。我们班有29人，是学校首批高小学生，女生占三分之一，年龄普遍偏大，落后的婚姻

图1 小学时的作者（右为弟弟）。

习俗使得两个同学已有小孩。我爸爸是小学教师，我启蒙较早，在班上年龄最小。

两年高小期间，我们的班主任一直是陈全林老师，他与我同乡，四十几岁，身材较魁梧，经常穿着洗得发白的蓝布中山服，朴素无华，文质彬彬，和蔼可亲。他教我们的语文、算术（现在的数学）和珠算（教学生打算盘），授课认真负责，深入浅出，循循善诱，使我们很容易掌握书本上的知识。他对每个同学都十分关心、体贴，常常像慈父一样谆谆教育我们，引导我们走好人生第一步，深受同学们爱戴和尊敬。

1955年上学期，学校成立少年先锋队，我被推选为大队长。在成立大会上，我戴着红领巾，白衣袖上别着三道杠的大队长标志，手举队旗，与大家齐唱《中国少年先锋队队歌》（当时的队歌），心情无比激动。我们班上符合参加少先队年龄的同学有六人，所以只有六个少先队员。大会后与陈全林老师合影留念。

1955年7月，小学毕业，我和六个同学考上县里的乐山四中读初中，其余二十二个同学都回家务农。时光如电，转眼三年初中学业结束，1958年7月，我们七人中，只我考上高中，其余六人考上中专或中师。我高中一年级回乡时，与同学摆谈（交谈）得知，1957年陈全林老师被开除出教师队伍，遣返回农村监督劳动改造，这使他的命运被彻底改变，掉进了无底深渊。我听后像五雷轰顶，心情特别沉重、凄凉，为我儿时心中的偶像、同学们崇拜的好老师的悲惨遭遇而深感不平和同情。

1961年9月，我考入四川大学，成为中华人民共和国成立以来平兴公社（现平兴乡）第一个大学生。寒假时我从省城成都返乡，有一天，我独自去乡场找同学玩，途经陈全林老师家旁，突然看到他正在挑粪，满脸病态、苍老、凄苦的样子。当我与他的眼神对视时，我正想招呼他，但

图2 1955年上学期，全班少先队员与班主任陈全林老师合影。前排左一为本文作者。

他迅速低下头，把脸侧过去，假装没看见我一样，急匆匆地离去。我呆呆地在原地站了一会儿，百感交集，望着他远去的背影，心里在流血流泪，十分难受。

当时正是国家三年困难时期，全民过"粮食关"，饥饿难熬。我暑假返乡时，得到更凄惨的噩耗——陈老师因贫病交加，饿死在家里。我惊愕、悲哀，抑制不住涌流的泪水，深感人世的不公。我为最后一次见到陈老师而没有和他说上话，安慰一下他而深感不安和自责，虽然这样起不了什么作用，至少我的心里会好受些。让这心中永远的痛，化作怀念恩师的情怀吧。

我的第二位恩师刘玉宏老师，是我初中三年的班主任，年近五十，中等身材；淳朴无华，面善心慈，平易近人，对学生充满了爱心。他教我们几何，对教材烂熟于胸，点、线、边、角、圆及其组成的各种图形，在黑板上画得十分精准，并用不少比喻加深我们的印象，使我们听课时一点不感到枯燥乏味。他是学校教书育人的模范老师之一，受到全校师生的赞誉。

刘老师还喜欢音乐，爱唱歌，拉得一手好二胡。他特别重视对我们的德智体美进行培养，在班上经常组织我们张贴壁报，内容十分广泛，并开展丰富多彩的文体活动，陶冶我们的情操。为了庆祝1958年元旦，他亲自指导班上

图3 1958年元旦，班上同学在全校演出后，与班主任刘玉宏老师合影。前排右一为本文作者。

十六个同学排练藏族歌舞，我在其中扮演一个戴红领巾的藏族小朋友。我们课余时认真投入，下了大量功夫。在全校演出后得到较高的评价，刘老师心里乐滋滋的，带我们到照相馆合影留念。近六十年过去了，至今我时不时翻看这张充满青春活力的照片，看看我心里十分崇敬的刘老师。

节假日时，刘老师还组织我们郊游，看看壮丽的大好河山，农村的田园风光；尤其到离学校不远的著名景区乐山大佛游玩，使我们增加历史、地理知识，开阔了视野。

有一次他还组织我们到岷江河边的滩地野炊，这是我们最高兴的事情，吃上自己煮的饭菜，十分香甜，好不热闹。

在县城河对面的乐山四中，在学校和刘老师的关怀下，我度过了美好的少年时光，为我的处世做人，以及后来的学业打下了坚实的基础。光阴荏苒，人世沧桑，刘玉宏老师已离世，他的音容笑貌常在我心中萦绕，我永远怀念他。

岁月悠悠，几十年过去了，我如今能成为中国农业科学院柑橘研究所研究员、硕士生导师，无不浸透着两位恩师对我的关心和教育，谨以此文来纪念他们！

难忘的教诲　由衷的感谢

钱三强

在 9 月 10 日教师节到来之际，我以喜悦的心情向千千万万从事最光荣职业的老师们致以崇高的敬意和节日的祝贺！

在我们这个古老文明的国度里，素有尊师的优良传统。然而真正把尊师和重视教育工作紧密联系起来，并以之为国家乃至全社会的头等重要事业切实加以提倡和实行，应该说是十一届三中全会以来实现历史性伟大转变的一个重要标志。这几年中，我有一个极为深刻的印象，就是邓小平同志一再向全党、全社会提出的"尊重知识，尊重人才"思想。正是这一思想逐渐被越来越多的人所理解，受到拥护，特别是党和国家为贯彻这一思想采取了一系列有效措

图1 钱玄同夫妇与儿子钱三强。

施，一种可喜可贺的风气正在开始形成，因而教师节也得以应运而生。

尊重知识，尊重人才，必然联系到尊师。古人说过："师者，所以传道授业解惑也。"如果用今天的话来解释，意思就是：教师是培养人的，是传授知识的，是人类灵魂的工程师。这不是一个抽象的定义，也不是一种人为的解释，事实正是如此。也许有的教师不曾意识到，在所有经历过求学生活的人中，他的最美好、最难忘的回忆里有重要一席是属于对老师的，而且这种感情不以时间的流逝而淡薄，不以环境的改变而改变。我本人就深有体会。

岁月流逝，时过境迁，几十年前的许多往事都已印象模糊了，唯独老师的指点和教诲，记忆犹新，如在眼前。拿我进大学前后的一段情况来说吧，那是五十多年前的事了，那时我还不到二十岁，正在北京大学理科预科读书。本来我是想学电机工程的，但由于我到物理系本科去旁听了两位清华大学兼课老师吴有训先生和萨本栋先生的讲课，我的兴趣渐渐被物理吸引了，于是立志学物理。后来我便报考了清华大学物理系，在吴先生、萨先生和叶企孙先生直接关怀下进行学习。

1933年，叶先生给我们讲授热力学。本来这门课较难懂，加之叶先生又是一口上海口音，而且还有点口吃。但他抓住要领，讲授得法，基本概念清晰，重要的原则有意识地重复，并且用实例来加以说明。叶先生讲课的特点，今天回忆起来，印象非常深刻，而且是值得我们学习的。

1935年，吴先生开了一堂"实验技术"选修课，我们班有五六个人参加了，我是其中之一。他手把手地教我们如何掌握烧玻璃的火候和吹玻璃的技术；后来，他又指导我做毕业论文，内容是做一个真空系统，试验金属钠对改善真空程度的影响。一次当真空系统吹成刚抽真空时，因为玻璃设备结构机械应力不均匀，突然整个玻璃设备全部炸碎了，水银流了一地。我当时心里感到很紧张，可是吴先生没有责备，而是关心地让我赶紧打开窗户，立即离开现场，以免水银蒸汽中毒。隔了两天，他把我叫去，鼓励我再干。结果毕业论文的实验顺利完成了。后来我到法国从事原子核物理研究和进行放射化学工作时，正是由于吴先生实验技术课的锻炼，给我工作提供了很大方便。

吴先生、叶先生和萨先生都已经辞世了，我也成了七十多岁的老人了。然而，在庆贺第一个教师节诞生的时候，首先使我想起的正是他们，还有我的小学的、中学的以及国内外指导我做研究工作的老师，借此机会，我要向他们表示深切的怀念，我由衷地感谢老师们的教诲和关怀。

童年的老师

陈从周

　　年龄大了，看到了孙辈，常常从他的身上想到了自己的童年。我的外孙在小学念书，星期天上我家来，我见了他，仿佛自己也回到了他的时代，我忘却了我们之间的辈分，将我的感情倒流到五十多年前去。他现在上三年级了，我进小学念书，便是从三年级开始的。我记得我在五岁向孔夫子叩了头，破蒙后，开始算是读书了，因为体弱多病，实际到八岁才入私塾。十岁的这年春天插班上三年级。那是一所镇上的基督教会小学，校舍与设备也比较完备，与我家相隔一条河，可是去读书，却要走过三座桥，因此路远了一些。中午在学校吃午餐。我整天生活在学校中，我的那位级任女老师就时刻与我们在一起。她的音容，和女

图1　青年时期的陈从周。

子独赋的那种温柔、慈爱，施之于我们这群天真无邪的小孩身上，这是宇宙间的伟大、人类的自豪，是世界上再也不能磨灭的师生之爱，纯洁，高尚，晶莹得透明，看不出一点的尘埃。

　　由私塾的那种自清晨坐到傍晚的旧式教育，一旦进入新式的学校，仿佛到了另一世界，新奇、活泼。我们的级任老师姓叶，她们两姐妹，同学们称姐姐为大叶先生，称妹妹为小叶先生，妹妹担任二年级的级任。两姐妹是从同一所教会女中师范科毕业，毕业后便由我们的这所小学聘来，年龄在二十岁左右，常穿淡蓝色的圆角上衣，下面衬着一条黑色裙子，冬装时围一块长围巾。那时正是大革命的一年，小孩们天天在唱："打倒列强，打倒列强，除军阀！除军阀！国民革命成功，国民革命成功，齐欢唱！齐欢唱！"镇上整批整批的革命军跑过，小孩子们太高兴了。我们对那些十几岁的小军人，看了他们身上背着枪，腰挂手榴弹，感到神奇、向往，心定不下，不好好回教室去。而老师呢？她抑制了热情，以那么静娴、柔和的态度，将我们引入到课堂中去，开始她那细致、周到、体贴，如牧羊人爱护小羔的心情来给我们上课。我们是从来没有见到她重语训我们一次，总是用尽各种各样的方法，循循善诱。她是严师，亦是慈母，温而厉，有如宗教家那般感化人。今日回想起来，她是受了欧美的师范教育，同时亦是有着宗教信仰。在她的心中，教好我们这班孩子是天赋之责。她没有怨，也没有恨，我们的成长，是她良心上唯一的安慰，可使她得到灵魂深处的满足。我想如果她那时没有这样的品德，五十多年后的我早也将她抛到九霄云外去了。师生之情，如同蚕的作茧那样，千丈万丈绕住这母体啊！

我记得第一次学写信，是她教我们的，她要我们同学间互相通信。学校中有个同学办的小小邮局，轮流着做邮务员。她指导得非常认真，信的格式如何，信封怎样写，信纸怎样折，都是与西洋的规格一样，不能有丝毫的不符规格。我是个信札比较多的人，垂老在书写时，脑海里还是浮起对她的印象。我们虽然是小孩子，但平时对她的一举一动随时注意着，耳濡目染。她的服装整洁、朴素，可是并不因没有浓妆而掩盖了少女的风韵。她对孩子们不知道有怒颜厉色，我们对她也是不愿有所越轨而使她不愉快。她外美与内美织成了一朵白莲，受孩子们敬爱、学习，也感化了每一个小小的心灵。她不迟到，不早退。她的办公桌上，同学们的作业放置得整整齐齐，毛笔、砚台、铅笔、小刀，都井井有条，而那花瓶中的几朵从校园中采来的草花，又安排得那般妥帖。雅洁的环境，是她学养的象征。后来我入中学、进大学，看见那些拥有的头衔比她大，更懂得怎样虚张声势、卖弄知识的教师和教授，可在德的方面，是无法与这位质朴无华、淡得如素云一样的小学教师相比。

她每星期要上学生家来一次，我妈对她有如对我的姐姐那样，谈了我的学习、生活等外，再谈家常。妈是位热情好客的人，总要备点点心招待她。她如我姐姐一样，没有虚伪的一套，愉快而大方地餐毕，带着轻松而天真的神情回校去。我妈与我送她出门，宛如送我姐姐上学去那样。

这样的老师，与家长们融洽在一起，今日想来，这不是单纯的几条教条可以达到的教育境界。

她空闲下来喜欢弹琴，校园中若传出她悠扬的琴声，我们总驻足静听，想象窗帘后她那种悠闲的神情。她上课时教我们唱《麻雀与小孩子》，我还记得："假如我不见了，我的母亲怎么样？"在音乐中，她灌输给我爱动物的美德，我如今钟情小动物，都是在那时不知不觉中所陶冶的。

　　童年的梦是一去不复返了，这位叶老师如今又不知天南地北所向何方了。那时的学生，如今也满头白发，还在昏灯之下，追忆着，沉思着。这感情有如山谷中的泉水，是永远流不尽的。

我的老师齐白石

娄师白

1934年，我拜齐白石先生为师，之后师徒一起生活了二十余年。白石老师言传身教，他的为人、品德、创作和理论等许多方面都给我留下了永志难忘的印象。

齐白石先生的创作态度非常严肃认真，尤其画人物时，创作前一定要先起草稿，稿纸大都是旧包皮纸。一张草稿要改正多次，达到形象准确后才开始作画，而且在画的过程中，随画随改，以求尽美。每次老师画完后，都叫我拿回家去照样临摹，画几张给他看，有时限定两天后就要临好。老师教我画画，是毫无保留的。从用炭条开始，直到最后完成，都让我在旁边看着，为他抻纸。时间一长，我便成了他的上下手。因为有这样的条件，再加上我的时间充裕，就是

图1 创作中的齐白石。

考上辅仁大学后，每日的功课也不多，所以每天待在老师家里，有时直到晚上九点他要睡觉时，才让我走。

记得那时，我不仅学他的画学得像，就是老师在画画时的姿态，构思时眉头嘴角的小动作，我都学得很像。齐老的子女良迟、良己、良怜，都比我小几岁，我就故意做给他们看。连老师训斥他们的话，我也学得神气十足，他们没有不笑的。

图2 齐白石在家门口。

每次看到老师的新作，尤其是他得意的作品，我总要拿回家去临摹几张，请老师指教。老师不仅看我临摹的画面相似不相似，还说明他作画用笔用墨的意义，使我听了领会更深。隔些时候，老师还将我的画与他画的同样题材的画对照着看，再指出我的画有哪些不足之处。老师说："临摹是初步学习笔墨的办法，不能只是对临，还要能够背临，才能记得深，但不要以临摹为能事。"他还说过："古人说，行万里路，读万卷书，我看还要有万石稿才行。"我体会老师这番话的意思，是教我不但要到实际生活中去观察体验，多读书，提高文艺修养，还要把凡是看到的好画都尽可能地临下来，作为创作的参考素材。

　　大家都知道齐老画虾、蟹是很成功的。每逢夏秋市上卖虾、蟹的季节，老师总要买虾、蟹来吃。在旧社会，卖虾的人经常走街串巷地吆喝，老人听到卖虾的到了门口，就亲自走出门来挑选。他告诉我，对虾以青绿色的为最佳。老师买虾，有时一买就是一箩筐，除吃鲜的以外，还把虾晒起来，每次买来虾，他总要认真细致地观看一番。买到小河虾时，他也总要从中挑出几个大而活的河虾，放在笔洗中，细致地观察；有时还用笔杆去触动虾须，促虾跳跃，以取其神态。

　　当我学画虾时，先是照老师的画对临。老师看了我的画说："用笔不错，但用墨不活，浓淡不对，没有画出虾的透明的质感。"过了一段时间，老师又让我背临画虾给他看。他又给我指出，虾头与虾耳比例不对，有形无神，要我仔细观察活虾的动作，对着活虾去画工细的写生。也就是通过临摹知道用笔墨后，还要通过写生去观察体现虾的神态。隔一段时间，老师又要我画虾，再指出虾须也应有动势。老师这样再三谆谆教导，使我不仅对虾的结构有所了解，同时对齐老画虾的用笔和表现手法，也知道得更清楚了。

齐老早年画虾的过程可概括为三个阶段。他在五六十岁时画的虾，基本上是河虾的造型，但其质感和透明度不强，虾腿也显得瘦，虾的动态变化不大。到七十岁后，他画虾一度把虾须加多，加强了虾壳的质感和透明感。不久，他画虾把虾头前面的短须省略，只保留了六条长须。从齐老画虾对造型的三次变革来看，说明他对事物观察的敏锐。他搞创作，从生活中吸取材料时，不仅观察对象的结构、自然规律，更主要的是运用艺术规律抓住对象的特征。

在画虾、塑造典型的过程中，我个人体会到，齐老的画法之所以一变再变。他的意图，首先是要不落前人窠臼，富于创造精神；另一点是他通过对生活的观察，要塑造出他理想中的艺术典型。我认为，齐老绘画创作的虾，是他对生活的体验、感受与他的主观愿望有机结合的成品。齐老常说，他年幼时为芦虾所欺。他的祖父说："芦虾竟敢欺吾儿乎！"原来是芦虾把他的脚给钳破了，这是他在生活中对于虾的认识的一个侧面。老师又常说，河虾虽味鲜，但不如对虾更丰满；对虾固然肥硕，但无河虾的长钳造型之美。这就说明齐老画虾的艺术创作，是有深厚的生活基础的。这正是齐老敢于独创的动力。

齐老塑造的生动的河虾兼对虾的形象，是取河虾及对虾各自的特征，按照齐老自己想象中的虾，而创造了虾的艺术典型形象。

老师喜食螃蟹。买到蟹后，他也是反复地观察。老师向我说："古人画蟹，多重视蟹钳，忽视蟹腿。而我画蟹，则主要是画好蟹的腿爪。"一次老师让我买蟹，我买回来之后，他把每个蟹腿都捏了捏，然后告诉我说："你买蟹，不要只看蟹的大小，要捏一下蟹腿是否饱满，腿硬则肥，腿瘪则瘦。"他向我指出，画蟹的腿爪，一是不要画成滚圆的，而应当画得扁而鼓、有棱角、饱满，要画出腿壳的质感来；二是要画出蟹横行的特点来，不要像蜘蛛那样向前爬。当他看到我画的蟹，特意给我指出没有画出横行的姿态，要我再细致地观察蟹腿的活动规律。他说八条蟹腿的活动，要如人之四肢，左右活动差不多，左伸而右必屈，右伸而左必屈，但亦不可死用这个规律，如果死用这个规律，那又会失其生动的神态。他更提出要求，说画蟹腿最好能画出带毛的感觉来，这是用水墨的技巧达到较高的程度，才能画出来的，要想画好，只有不断地练习水墨功夫。

齐老说，画写意画没有细致的观察，就概括不出对象的神态；但是画得太细致，就和挂图一样，那就不是画了。他说："太似则媚俗，不似为欺世，妙在似与不似之间。"画好就好在似与不似之间，这是齐白石先生的画论，也是我学画的座右铭。

我常常看到我的一些师兄们找白石老师看画，请他指教。老师看了一会，常说："也还要得。"很少给他们指出什么毛病，或提什么意见，态度比较和婉。而齐老对我这个最小的徒弟却很严格。对于我的画，尤论是临摹的或是自创的，凡是他认为画得好的，就给我题词鼓励。老师曾在我画的几十幅画上题字，都不是我请求他题的，而是他自己主动题的，所以他写了"皆非所请，予见其善不能不言"。

但是，当老师看到我的画上有毛病，必定严肃地指出，有时还批评。我初学画工笔草虫时，老师看了我画的一只螳螂，他问："你数过螳螂翅上的细筋有多少根？仔细看过螳螂臂上的大刺吗？"我答不出来。老师又说："螳螂捕食的时候，全靠两臂上的大小刺来钳住小虫，但是你这刺画得不是地方，它不但不能捕虫，相反还会刺自己的小臂。"可见老人对小虫观察入微，这是多么严肃的批评和教诲啊！

1950年，人民画报社请白石老师画"和平鸽"。老师对我说："我过去只画过斑鸠，没有养过鸽子，也没有画过鸽子。这次他们要我画鸽子，我就请他们买鸽子来仔细看看再讲。"当时我自作聪明地说，鸽子与斑鸠样子差不多，尽管去画。老师听了很不以为然，"嘿嘿"了两声，用他一双敏锐的眼睛看了我一眼，没说话。后来把买来的鸽子放在院子里，反复观察鸽子行走的动态；又花费了一天的时间，到他养鸽子的学生家里去熟悉鸽子的生活，观察鸽子飞起来落下去的动态，老师曾有这样一段话："凡大家作画，要胸中先有所见之物，然后下笔有神。故与可（北宋画家）以烛光取竹影，大涤子尝居清湘，方可空绝千古。"

每逢老师发现我学画不认真、不虚心，或者应付，画得不对的时候，他就说："我教你作画，就像给女孩子梳头一样，根根都给你梳通了。"老师尽心地教我，唯恐我不能体会。他的表白，使我非常感动，永远记在心上。正是在白石老师严格要求、亲身带领下，我亦步亦趋地学，才比较深地继承了老师的一些本领，在中国画的创作上有了一点成就。

忆念赵敏恒师

沈苏儒

　　长久以来，我一直想写一点文字来寄托我对赵敏恒师（1904—1961）的忆念，但每次提笔总觉得心情沉重，迟迟未能着墨。近来在整理我1946年秋访问印尼时所做报道和电讯时，敏恒师的音容笑貌屡屡再现在眼前，终于定下心来开始动笔。

　　我在大学里学的是外国文学，但毕业以后的五六十年中，一直从事新闻工作。在这方面，我有两位主要的老师，他们都是我国20世纪中期非常杰出的新闻工作者，一位是刘尊棋老师，另一位就是赵敏恒老师。我称他们为老师，是按中国文化传统中把自己作为他们的"私淑弟子"而这样称呼的。我1945年大学毕业后先到美国新闻处中文部做

图1 20世纪40年代，赵敏恒在重庆与独子赵维承合影。

翻译，刘尊棋老师是中文部主任，他言传身教，使我得到了关于新闻工作的启蒙教育，也立下了终生从事新闻工作的志向。1946年我进上海《新闻报》编辑部工作，总编辑是赵敏恒老师，我是在他的教导和培养下成为一名记者的。所以我对这两位老师十分敬爱。

图2　抗战时期成立的"战时儿童保育委员会"发起人合影。

　　赵敏恒老师作为青年才俊，1923年弱冠时就从清华大学毕业，赴美留学，先后在美国最著名的两所新闻学府密苏里新闻学院和哥伦比亚大学新闻系学习，获新闻学硕士学位（当时尚无新闻学博士学位）。1928年回国，初在北平《英文导报》任副总编辑，次年加入路透社，担任远东分社主任，前后十五年。在此期间，他因为首发了多项有关中国、震动世界的重大新闻（包括1931年的九一八事变、1932年国联李顿调查团秘密报告、1936年西安事变、1943年开罗会议等），蜚声国际新闻界。其中最富有戏剧性的是1934年

6月关于日本驻南京副领事藏本英明"失踪"事件的报道。藏本因受其上级压制，愤而出走，意图自杀，但七天后在紫金山被发现。藏本失踪后，日本政府诬称藏本被中国人杀害，调集日舰到下关江面，气势汹汹，妄图挑衅。藏本被发现后，对中国警方坚不吐实。赵师在采访时赢得了他的信任，他始吐露真相，于是此事大白于天下，日本制造事端的企图被粉碎，日本外务省情报局长天羽气急败坏，在东京诬称赵师不是记者，是"中国最恶毒的宣传员"。

以赵先生这样的经历和地位，按常理来推想，他应该是很"亲西方"、很洋气的一位高级知识分子。但事实上，他始终怀着一颗十分强烈的"中国心"。外滩的上海俱乐部是洋人的天地，向无中国来宾。一次，路透社一位高官请赵师在这个俱乐部吃饭，他没在大厅签名簿上写他的英文名字Thomas，而是用中文写了自己的名字"赵敏恒"。

还有这样一件事情能够说明赵师作为中国人的骨气。1932年，日本在上海发动了"一·二八"侵略战争，英国驻华公使兰浦森从北平赶来上海准备调停。赵师获悉后立即发了新闻。兰浦森见后大发雷霆，下面是两人间的一段对话：

兰质问赵："你没有得到我的许可，为何乱发消息？！"
赵答："你如认为消息不正确，可以更正。"

兰追问赵消息来源，赵说："新闻记者有保护新闻来源秘密的责任。"

兰说："我命令你说出来！"

赵答："我是中国人，不归你管！"

兰生气地说："路透社是英国的通讯社。"

赵倔强地回答："我对路透社负责，不对你负责。"说罢拂袖而去。后来兰浦森果然致电路透社总社，要求撤换赵，总社没有同意。尽管如此，赵的耿介和作为新闻记者的良知终于使他离开了这个当时居全球首位的新闻王国。他在"二战"后期从英国途经非洲返回中国途中，写了题为《伦敦去来》的长篇通讯报道，在重庆《新民报》上发表，对西方殖民主义者残酷压迫和剥削非洲各国人民的真相，多所揭露，影响很大。英国统治阶层原来已对这样一位有国际影响、坚持真理的中国记者十分恼火，于是通过路透社高层对他施压，要他承认错误，并停止将《伦敦去来》的新闻报道出版成书。赵师坚决拒绝，并表示："我自动辞职，并拒绝接受退职金。"

他离开路透社后除完成《新闻圈外》《外人在华新闻事业》《怎样做一个成功的访员》等著作外，应老报人成舍我之邀，出任重庆《世界日报》总编辑。抗战胜利后，他应邀出任上海《新闻报》总编辑。当时中国历史最悠久、实力最雄厚、发行量最大的三大日报都集中在上海,《新闻报》(1893年创刊)是其中之一,另外两家是《申报》(1872年创刊)和《大公报》(1902年在天津创刊,后将总部移至上海)。

前面已经提到,我在美国新闻处做翻译时,在刘尊棋老师的熏陶下,对新闻工作产生了很大兴趣,也懂得了有关新闻报道的一些基本知识。日寇投降后,我随他调到上海。他后来除"美新处"的工作外,创办了《联合晚报》。有一天,他对我说:"你想在美新处 build up a career(开辟一个前途)是不现实的。"他这句话使我意识到,如果我真想做一个新闻工作者,必须进一家大的报社或通讯社去工作,并寻求接受高级专业教育的机会。这样,我就在1946年初决心辞去"美新处"的工作,经人介绍去《新闻报》见赵敏恒师。赵师欣然接受了我。当时,赵师是总编辑,又兼管采访部,他说,当记者要先从 local beat(新闻专业术语,指采访本市新闻)做起,采访本市社会新闻,是基本功。

赵师给我安排的第一课是去采访当时发生的一桩德国侨民自杀案件。我现在已记不清楚当时我这个新手是怎么东撞西撞去进行采访的。我所记得的是我满头大汗地奔走于报社、德侨居所、医院之间至少三次,就为了前两次我都没有弄清楚这个德侨到底死了没有，向赵师报告，受到了他的批评。他说，这个德侨有没有死是这则新闻的重点，必须弄清楚，否则就没有新闻价值了（我现已记不得这个可怜的德侨到底死了没有）。从这件事我开始体会到什么叫作"跑新闻"，不"跑"，真是出不来新闻的。

老师给我安排的第二课是采访政治新闻。政治新闻除了"跑"之外，还必须要弄明白新闻线索（包括形势、背景），为此，记者就要广交朋友，其中包括一些可以成为新闻来源的"关系"。为此，他派我去驻南京办事处，任特派员陈丙一（赵师的得意门生）的助手。

赵师给我安排的第三课是采访外事新闻。这是他培养我的重点，因为当时报社缺乏这方面的专业记者，我上过外文系，语言上基本没有困难。所以南京办事处的外事新闻由我分管。当时外交部新闻司司长张沅长是我中大的老师，次长（现在称副部长）叶公超是赵师的友人，这就为我提供了便利条件。叶是位"才子"型的名人，风流倜傥，单身住在外交部大院的一座楼上，我常在他下班后去找他，他像对一个青年学生那样接待我。

1946年秋，赵师派我随"宣慰专使"李迪俊（大使衔）出访印度尼西亚。印尼三百年来受荷兰殖民统治，"二战"期间为日寇占领，日降后宣告独立，成立印尼共和国，苏加诺任总统，以爪哇内地城市日惹为临时首都。荷兰在英国等西方盟国支持下，力图卷土重来，派兵占领首都巴达维亚（现名雅加达）及若干重要城市。印尼有华侨、华裔二百万，日占时期已饱受苦难，日降后印尼国内局势动荡，战乱不已，华侨处于水深火热之中，所以李专使此行任务十分艰巨，既要同盟军总部和荷兰总督府打交道，又要同尚未建立外交关系的印尼共和国来往并表示友好。也许，正是因为这次外交活动的特殊性，所以赵师才让我这个初出茅庐的外事记者去实地见习一下。

在不足两个月的时间里，我随宣慰团几乎跑遍了这个"千岛之国"，除爪哇全岛的所有大小城市和巴厘岛外，还到了苏门答腊岛南北两大城市巨港和棉兰，西里伯斯岛的望加锡、加里曼丹岛的坤甸和马辰、邦加岛、勿里洞岛等处。当时交通困难，去外岛须乘军用飞机，李专使只能坐在机关枪手的位置上，我们更只能是"随遇而安"了。我们会见的各地华侨共计有四十万人，他们的爱国热情常使我激动至于泪下，而见到李专使周旋于对立双方之间，才真正体会到外交工作"折冲樽俎"的含义。我深知这次随访是难得的学习和锻炼机会，所以不顾旅途辛劳，先后发回电讯（英文）和通讯（中文）共五万余字。在印尼临时首都，我还晋见了苏加诺总统，这是他就任总统后第一次

图3 宣慰团于1946年11月中旬由印度尼西亚政府外交部派员护送赴爪哇内地。后排右一为本文作者。

会见来自中国的记者。印尼总理兼外长夏利尔亲撰告中国人民书，交给我在《新闻报》上发表，书中说，"我国之革命与中国之革命，完全相同，皆志在亚洲之再生……现在我们可以望我国与中国的未来关系——两个友邦，并希望能早日实现"，这些都为以后十年里，中国和印尼友好关系的建立起了一定的推进作用。

回国后，赵师对我的工作表示满意，只是最后半开玩笑地说："以后可不要再把情书夹在通讯里咧！"原来，因为当时从印尼到中国通讯困难，我有几次在电讯最后附言

图4　苏加诺总统于1946年11月16日在印度尼西亚临时首都日惹接见本文作者。这是苏加诺总统会见的第一个来自中国的记者。

编辑部给我妻子陶琴薰打个电话报告平安，所以赵师这么说。

　　我从印尼回国后，赵师就派我常驻南京，主要是负责外事报道，仍协助特派员陈丙一做政治新闻采访工作，包括同中国共产党驻南京代表团（在梅园新村）的联系。当时的代表团发言人、名记者范长江是我的堂兄、民主同盟重要领导人之一沈钧儒的女婿，稍后范由梅益接替，仍同我保持联系。办事处还有一位同事钱克显，也是赵师的高足，负责军事报道，后来增加一位比我们年轻、负责经济报道的朱稼轩，另外有一位专职摄影记者王介生。

赵师对部属的工作要求是非常严的，那时，同行间的竞争也非常激烈。我们在南京的采访和写稿工作一般从下午持续到午夜。当时的电信设施还很"原始"，我们的一部分时间性不强的新闻稿件和照片常常送到南京机场通过私人关系，托民航的朋友带到上海，报社派人去取。主要的电讯稿件是夜间通过长途电话传给上海总馆的。南京办事处有一位专职的译电员，他把我们写好的稿件，译成电码（这种电码是电报局制订的，每个汉字由四个数字作为代码，如我的"沈"字是3088），然后用长途电话把这些代码口头报给报馆，总馆的译电员记录下来，再译回汉字。这个过程一般要从晚上八九点时开始，到午夜后才结束，在这段时间里，有时赵师还会直接用电话给指示。

赵师在总馆另设专人每天负责把本报的重要新闻同《申报》《大公报》等主要报纸（也是我们的主要竞争对手）的重要新闻做对照研究，上报给赵师。赵师阅后，如我们有了独家新闻（西方新闻术语中所说的 scoop）就会来电话表扬；如我们漏报了或不如他报完善，他一定严厉批评。

所以在他的领导下，大家从不敢有丝毫懈怠。我们的办事处和《申报》办事处正好在南京当时繁华的太平路的东西两侧，互相可以望见，两家各有一辆采访用的吉普车停在门口，一家的车如开动了，另一家听到或看到后会立即去跟踪，竞争的激烈于此可见。

赵师信奉新闻必须快速、真实、正确的原则。他常教导我们说，一张报纸要生存和发展，在于平时的新闻报道能为读者所喜欢、需要和信任。也只有在这样的基础上，它才能发挥舆论的力量。

1948年，我在赵师的鼓励和推荐下，向他的母校美国密苏里新闻学院申请读研究生，得到该院的录取。但因我筹不到足够的官价外汇，黑市又负担不起，未能成行。这是我在新闻事业道路上遭遇的一次重大挫折，赵师也深为我惋惜。

当时，像赵师这样在全球新闻界都出了名的高级专业人才，如果想出国工作是不怕找不到适当职位的。他自己也不是没有动摇过。我记得大约在1949年初有一次在他的办公室里，他曾对我谈起国外有人想请他去办一张报纸，问我是否愿意随往。但以后他就没再提起此事。我想他一定是在经过激烈的思想斗争后决定留下的。《新闻报》同事赵世洵在一篇回忆赵师的文章中记录了1951年赵师同他握别时说的一句话："我是一个中国人，要在中国做事，死也要死在中国！"赵师不能离开他的年迈父母，更不能离开祖国母亲，我想这是他决心留下的根本原因。

赵师在抗战时期即曾应聘担任当时迁到重庆的复旦大学新闻系的教授，复旦新闻系主任陈望道即再聘赵师任教授。约在1950年时，我曾同内子陶琴薰去看望过他和赵师母。赵师母谢兰郁毕业于北京名校贝满女中，抗战时期先后参加冯玉祥夫人李德全等发起的"中国妇女慰劳总会"和"战时儿童保育会"，多有劳绩，解放初期曾任上海市妇联委员。当时他们住在江湾一座日式的小楼里（是复旦教师宿舍），赵师的心态还是很泰然的。我注意到他家里仍放着一部短波无线电收音机。他曾说，听新闻广播是他生活和工作的不可或缺的部分。按当时的通讯技术，广播是最快捷的传播手段，他往往能一边听英文广播、一边就用中文写出新闻稿，在时效上比外国通讯社发的通讯稿还快。据说赵师在复旦新闻系的讲课"能兼容并包，吸收欧美苏联之长，又结合中国的实践，有理论、有实践、又有生活，受到学生的好评。他重视教授的人格，言教身教，培育新人，四十年后，他教过的学生还记得他的音容笑貌"。

以后我调到北京工作，就没有机会再见到赵师。直到1985年我打听到赵师母住址，给她去信问安。以后我因公私两忙，未能常去信问候，赵师母病故，亦未及时获悉，前往吊唁，深感愧疚。

　　赵师从二十二岁开始记者生涯到四十五岁的二十三年中，创造了世界知名的辉煌的新闻业绩，他的名字将永远铭刻在中国新闻史册上。他能创造这些业绩是由于他对新闻事业的热爱和献身精神、他的超常的新闻敏感（业内所说的"第六感"）、他的杰出的社会活动能力，还有他的广博知识和中外文字功底，但最主要的还是他那颗赤诚的爱国心。赵师坚强勤奋的形象将永存我和他的许多学生、友人心间。

　　（作者按：本文所用赵师、师母照片均系赵维承兄提供，特此致谢。）

沈从文先生在西南联大

汪曾祺

沈先生在联大开过三门课：各体文习作、创作实习和中国小说史。三门课我都选了——各体文习作是中文系二年级必修课，其余两门是选修。

创作能不能教？这是一个世界性的争论问题。很多人认为创作不能教。我们当时的系主任罗常培先生就说过：大学是不培养作家的，作家是社会培养的。这话有道理。沈先生自己就没有上过什么大学。他教的学生后来成为作家的，也极少。但是也不是绝对不能教。沈先生的学生现在能算是作家的，也还有那么几个。问题是由什么样的人来教，用什么方法教。现在的大学里很少开创作课，原因是找不到合适的人来教。偶尔有大学开这门课的，收效甚

图1 二十岁的沈从文。

图2 年轻时的沈从文与张兆和。

微，原因是教得不甚得法。

沈先生是不赞成命题作文的，学生想写什么就写什么。但有时在课堂上也出两个题目。沈先生出的题目都非常具体。我记得他曾给我的上一班同学出过一个题目："我们的小庭院有什么"，有几个同学就这个题目写了相当不错的散文，都发表了。他曾给比我低一班的同学出过一个题目："记一间屋子里的空气"。给我的那一班出过些什么题目，我倒不记得了。沈先生为什么出这样的题目？他认为：先得学会车零件，然后才能学组装。我觉得先作一些这样的片段的习作，是有好处的，这可以锻炼基本功。现在有些青年文学爱好者，往往一上来就写大作品，篇幅很长，而功力不够，原因就在零件车得少了。

沈先生的讲课，可以说是毫无系统。前已说过，他大都是看了学生的作业，就这些作业讲一些问题。他是经过一番思考的，但并不去翻阅很多参考书。沈先生读很多书，但从不引经据典，他总是凭自己的直觉说话，从来不说阿里斯多德怎么说、福楼拜怎么说、托尔斯泰怎么说、高尔基怎么说。他的湘西口音很重，声音又低，有些学生听了一堂课，往往觉得不知道听了一些什么。沈先生的讲课是非常谦抑，非常自制的。他不用手势，没有任何舞台道白式的腔调，没有一点哗众取宠的江湖气。他讲得很诚恳，甚至很天真。但是你要是真正听"懂"了他的话——听"懂"了他的话里并未发挥馨尽的余意，你是会受益匪浅，而且会终生受用的。听沈先生的课，要像孔子的学生听孔子讲话一样："举一隅而三隅反。"

沈先生关于我的习作讲过的话我只记得一点了，是关于人物对话的。我写了一篇小说（内容早已忘记干净），有许多对话。我竭力把对话写得美一点，有诗意，有哲理。沈先生说："你这不是对话，是两个聪明脑壳打架！"从此我知道对话就是人物所说的普普通通的话，要尽量写得朴素。不要哲理，不要诗意。这样才真实。

沈先生经常说的一句话是："要贴到人物来写。"很多同学不懂他的这句话是什么意思。我以为这是小说学的精髓。据我的理解，沈先生这句极其简略的话包含这样几层意思，小说里，人物是主要的，主导的；其余部分都是派生的，次要的。环境描写、作者的主观抒情、议论，都只能附着于人物，不能和人物游离，作者要和人物同呼吸、共哀乐。作者的心要随时紧贴着人物。什么时候作者的心"贴"不住人物，笔下就会浮、泛、飘、滑，花里胡哨，故弄玄虚，失去了诚意。而且，作者的叙述语言要和人物相协调。写农民，叙述语言要接近农民；写市民，叙述语言要近似市民。小说要避免"学生腔"。

我以为沈先生这些话是浸透了淳朴的现实主义精神的。

沈先生教写作，写的比说的多，他常常在学生的作业后面写很长的读后感，有时会比原作还长。这些读后感有时评析本文得失，也有时从这篇习作说开去，谈及有关创作的问题，见解精到，文笔讲究。——一个作家应该不论写什么都写得讲究。这些读后感也都没有保存下来，否则是会比《废邮存底》还有看头的。可惜！

沈先生教创作还有一种方法，我以为是行之有效的，学生写了一个作品，他除了写很长的读后感之外，还会介绍你看一些与你这个作品写法相近似的中外名家的作品。记得我写过一篇不成熟的小说《灯下》，记一个店铺里上灯以后各色人的活动，无主要人物、主要情节，散散漫漫。沈先生就介绍我看了几篇这样的作品，包括他自己写的《腐烂》。学生看看别人是怎样写的，自己是怎样写的，对比借鉴，是会有长进的。这些书都是沈先生找来，带给学生的。因此他每次上课，走进教室里时总要夹着一大摞书。

沈先生就是这样教创作的。我不知道还有没有别的更好的方法教创作。我希望现在的大学里教创作的老师能用沈先生的方法试一试。

学生习作写得较好的，沈先生就做主寄到相熟的报刊上发表。这对学生是很大的鼓励。多年以来，沈先生就干着给别人的作品找地方发表这种事。经他的手介绍出去的稿子，可以说是不计其数了。我在1946年前写的作品，几乎全都是沈先生寄出去的。他这辈子为别人寄稿子用去的邮费也是一个相当可观的数目了。为了防止超重太多，节省邮费，他大都把原稿的纸边裁去，只剩下纸芯。这当然不大好看。但是抗战时期，百物昂贵，不能不打这点小算盘。

沈先生教书，但愿学生省点事，不怕自己麻烦。他讲《中国小说史》，有些资料不易找到，他就自己抄，用夺金标毛笔，筷子头大的小行书抄在云南竹纸上。这种竹纸高一尺，长四尺，并不裁断，抄得了，卷成一卷。上课时分发给学生。他上创作课夹了一摞书，上小说史时就夹了好些纸卷。沈先生做事，都是这样，一切自己动手，细心耐烦。他自己说他这种方式是"手工业方式"。他写了那么多作品，后来又写了很多大部头关于文物的著作，都是用这种手工业方式搞出来的。

沈先生对学生的影响，课外比课堂上要大得多。他后来为了躲避日本飞机空袭，全家移住到呈贡桃园，每星期上课，进城住两天。文林街二十号联大教职员宿舍有他一间屋子。他一进城，宿舍里几乎从早到晚都有客人。客人多半是同事和学生，客人来，大都是来借书，求字，看沈先生收到的宝贝，谈天。

沈先生有很多书，但他不是"藏书家"，他的书，除了自己看，是借给人看的。联大文学院的同学，多数手里都有一两本沈先生的书，扉页上用淡墨签了"上官碧"的名字。谁借了什么书，什么时候借的，沈先生是从来不记得的。直到联大"复员"，有些同学的行装里还带着沈先生的书，这些书也就随之而漂流到四面八方了。沈先生书多，而且很杂，除了一般的四部书、中国现代文学、外国文学的译本，社会学、人类学、黑格尔的《小逻辑》、弗洛伊德、亨利·詹姆斯、道教史、陶瓷史、《髹饰录》、《糖霜谱》……兼收并蓄，五花八门。这些书，沈先生大都认真读过。沈先生称自己的学问为"杂知识"。一个作家读书，是应该杂一点的。沈先生读过的书，往往在书后写两行题记。有的是记一个日期，那天天气如何，也有时发一点感慨。有一本书的后面写道："某月某日，见一大胖女人从桥上过，心中十分难过。"这两句话我一直记得，可是一直不知道是什么意思。大胖女人为什么使沈先生十分难过呢？

　　沈先生对打扑克简直是痛恨。他认为这样地消耗时间，是不可原谅的。他曾随几位作家到井冈山住了几天。这几位作家成天在宾馆里打扑克，沈先生说起来就很气愤："在这种地方，打扑克！"沈先生小小年纪就学会掷骰子，各种赌术他也都明白，但他后来不玩这些。沈先生的娱乐，除了看看电影，就是写字。他写章草，笔稍偃侧，起笔不用隶法，收笔稍尖，自成一格。他喜欢写窄长的直幅，纸长四尺，阔只三寸。他写字不择纸笔，常用糊窗的高丽纸。他说："我的字值三分钱！"从前要求他写字的，他几乎有求必应。近年有病，不能握管，沈先生的字变得很珍贵了。

沈先生后来不写小说，搞文物研究了，国外、国内，很多人都觉得很奇怪。熟悉沈先生的历史的人，觉得并不奇怪。沈先生年轻时就对文物有极其浓厚的兴趣。他对陶瓷的研究甚深，后来又对丝绸、刺绣、木雕、漆器……都有广博的知识。沈先生研究的文物基本上是手工艺制品。他从这些工艺品看到的是劳动者的创造性。他为这些优美的造型、不可思议的色彩、神奇精巧的技艺发出的惊叹，是对人的惊叹。他热爱的不是物，而是人，他对一件工艺品的孩子气的天真激情，使人感动。我曾戏称他搞的文物研究是"抒情考古学"。他八十岁生日，我曾写过一首诗送给他，中有一联"玩物从来非丧志，著书老去为抒情"，是纪实。他有一阵在昆明收集了很多耿马漆盒。这种黑红两色刮花的圆形缅漆盒，昆明多得是，而且很便宜。沈先生一进城就到处逛地摊，选买这种漆盒。他屋里装甜食点心、装文具邮票的，都是这种盒子。有一次买得一个直径一尺五寸的大漆盒，一再抚摩，说："这可以做一期《红黑》杂志的封面！"他买到的缅漆盒，除了自用，大多数都送人了。有一回，他不知从哪里弄到很多土家族的桃花布，摆得一屋子，这间宿舍成了一个展览室。来看的人很多，沈先生于是很快乐。这些桃花图案天真稚气而秀雅生动，确实很美。

沈先生不长于讲课，而善于谈天。谈天的范围很广，时局、物价……谈得较多的是风景和人物。他几次谈及玉龙雪山的杜鹃花有多大，某处高山绝顶上有一户人家——就是这样一户！他谈某一位老先生养了二十只猫。谈一位研究东方哲学的先生跑警报时带了一只小皮箱，皮箱里没有金银财宝，装的是一个聪明女人写给他的信。谈徐志摩上课时带了一个很大的烟台苹果，一边吃，一边讲，还说："中国东西并不都比外国的差，烟台苹果就很好！"谈梁思成在一座塔上测绘内部结构，差一点从塔上掉下去。谈林徽因发着高烧，还躺在客厅里和客人谈文艺。他谈得最多的大概是金岳霖。金先生终生未娶，长期独身。他养了一只大斗鸡。这鸡能把脖子伸到桌上来，和金先生一起吃饭。他到处搜罗大石榴、大梨。买到大的，就拿去和同事的孩子的比，比输了，就把大梨、大石榴送给小朋友，他再去买！沈先生谈及的这些人有共同特点，一是都对工作、对学问热爱到了痴迷的程度；二是为人天真到像一个孩子，对生活充满兴趣，不管在什么环境下永远不消沉沮丧，无机心、少俗虑。这些人的气质也正是沈先生的气质。"闻多素心人，乐与数晨夕"，沈先生谈及熟朋友时总是很有感情的。

沈先生在生活上极不讲究。他进城没有正经吃过饭，大都是在文林街二十号对面一家小米线铺吃一碗米线。有时加一个西红柿，打一个鸡蛋。有一次我和他上街闲逛，到玉溪街，他在一个米线摊上要了一盘凉鸡，还到附近茶馆里借了一个盖碗，打了一碗酒。他用盖碗盖子喝了一点，其余的都叫我一个人喝了。

沈先生在西南联大是1938年到1946年。一晃，四十多年了！

我的老师谢孝思先生

冯兰瑞

　　吾师谢孝思生于1905年，字仲谋，贵州贵阳人，1933年毕业于中央大学艺术教育系，师从汪采白、吕凤子。现为中国美术家协会会员，中国书法家协会会员，是我国当代著名书画家。20世纪30年代孝思先生曾任贵阳达德学校校长，与黄齐生先生一起从事抗日救亡活动。1939年起，先后在国立社会教育学院、苏南文化教育学院等校任教授。1953年受任苏州市文化局长兼园林修整委员会主任，并历任全国政协委员、苏州市政协副主席、苏州市文联名誉主席、中国民主促进会中央委员、民进苏州市主任委员等职。癸未八月下旬先生届满九九高寿，特撰此文祝贺先生百年期颐之喜。

　　我受教于孝思先生是15岁在达德中学就学时代，时值1935年日本侵占我华北，形势紧张，而我已初步接触了一些爱国进步思想。上女师读初中时，觉得学校封建传统很深，家长制作风浓厚，学生动辄得咎，常受斥责处罚。我入学不久即感到很不自在，与大姐兰徵所在的达德对比之下，心情更加不快。初二那年，记不起为了何事，我在课堂上得罪老师又不肯认错而被除名。这时大姐已以优秀成绩从达德初中毕业。幸得她找了达德学校周杏村校长和谢孝思先生说情，允许我到达中初三插班。我这才得把初中读完。

图1　1935年，谢孝思、刘叔华与黄齐生先生（中）摄于贵阳。

达德是私立学校，1901年由黄干夫、凌秋鹗、黄齐生创办，名达德书院。1904年成为达德学堂，对教育进行了诸多改革。自1917年始，黄齐生先生倡导并率领贵州自费和半官费生（包括孝思先生的同学、齐生先生外甥王若飞）东渡日本留学，以后又赴法国勤工俭学。齐生先生在欧洲三年游学期间，与共产党元老蔡和森、徐特立等交厚。回国后，齐生先生曾任达德学校校长，1936年孝思先生接任达德校长。正是由于这些影响，达德学校成为贵州唯一一所有民主爱国传统的学校，这里处处令人感受到与女师迥然不同的自由、舒适的气氛。

　　当年孝思先生是我们年级的级任和国文教员，几乎每天都有他的课。由于是级任先生，与学生接触较多，很是平易近人，和蔼可亲。我们班上同学40名左右，其中8名女生（达德是男女合校，这也是贵州当年的唯一），我入学不久就与女同学们很合得来。我们常在课余时背诵谢先生教的散文诗词，互相讨论切磋。为准备校庆，我们要绣一幅画献礼，就请先生在白布上描画，给我们绣。先生还教我们女生唱昆曲。记得在全校大会上，几个女同学唱《牡丹亭》里的"游园"，先生吹笛伴奏，印象很深。

　　当时各校是否有统一的课本我不清楚，只记得达德学习的教材大都是先生选定的。课堂上，孝思先生给我印象

图2 1950年，谢孝思（左二）与友人合影。

最深的第一件事就是他亲手选录了一些唐诗，自己掏钱石印，发给学生人手一册。这在女师是根本不会有的事。诗集自右至左竖行毛笔书写，深蓝色封面，左上方白底黑字"唐诗二十首"，典雅大方。当时我还不知道他本是一位书法家，也不懂书法什么的。只因这是先生亲自抄录的诗，一手毛笔字很漂亮，拿起这本薄薄的线装书，自有一股书香气息，真是爱不释手。二十首都是七律，有的原已读过还背得出，但在听了先生讲解之后，才体会到其中深含的韵味和含蓄的爱国思想。

先生上课不用讲稿，讲起来旁征博引，深入浅出，引人入胜。

例如王昌龄的《出塞》之一："秦时明月汉时关，万里长征人未还。但使龙城飞将在，不教胡马度阴山。"小时候在《唐诗三百首》中读过，那时实际不懂，只表面上明白后面两句，简单幼稚地觉得，如果有个"龙城飞将"，就不能让侵略者打进来了。至于这首诗何以要从千百年前的秦汉关山讲起，从来也没有想过，只因为诗很美，又顺口，就记住了。经先生一讲，才明白此诗首句十分重要。原来《出塞》是一首乐府诗，是可以谱曲传唱的。"关山""明月"则是过去乐府诗写征人思归、思妇怀远常用的词。讲解时先生还举了另一些诗为例，如"烽火城西百尺楼，黄昏独坐海风秋。更吹羌笛关山月，无那金闺万里愁"，等等。以关山月、羌笛来表现家人离乱、役率戍边、征人怀乡思亲的意境，感人至深。先生说，这首《出塞》诗之为好诗，还在于它一开头就从远古秦汉的明月、关山说起，不是仅仅从眼前下笔，从而概括了千古兴亡战乱给平民百姓带来的苦难，使全诗有了一种雄浑苍茫的意境。再联系当年日帝入侵，国民政府不抵抗，而失去了我东北三省大片国土，能不思量有个保家卫国的"龙城飞将"吗？当然先生在谈这个观点时很含蓄，毕竟那是在"国统区"。

课堂上除了唐诗外，先生讲解的古文更多。《过秦论》

《报任安书》《吊古战场文》《出师表》《赤壁赋》……还有宋词和元曲等。总之，先生的语文课使我对我国古典文学产生了浓厚的兴趣；还按先生的要求每天写一篇日记，为我以后的文字工作打下了基础。

第二件对我影响深远的，是孝思先生的教育思想和教育方法。先生认为教育不仅是向学生传授知识，培养学生的创作能力，更重要的是教学生怎样做人，做一个纯真高尚的人。2001年我去贵阳祝贺先生九七华诞，临别时先生赠我一幅奇石画，题词曰："磊磊落落。"这四个字是先生独立人格的写照，也是先生诲人不倦的箴言。

在达德学校时，先生是怎样培育学生品德的？他不是板起面孔来说教，要求学生应该这样应该那样，而是精选一些文章加以深刻剖析而对学生发生潜移默化的作用。

例如，先生讲授的国文课中，有一篇《北山移文》。作者会稽人孔德璋，因鄙薄周彦伦的为人，写了这篇文章给钟山英灵，要求将它刻在山庭之上，借山灵之意不让此君再入此山。"移文"是古文的一种文体。近查阅新出版的《古文鉴赏辞典》，有对此文的注解说，周一直做官，并无隐居钟山之事，仅在钟山有一草堂，天热时偶尔去住。又说孔、周二位乃是友人，此文为孔、周之间的"戏文"，因文章写得好而成为流传千古的名篇。

图3 1982年3月，本文作者（前右）去苏州拜望谢孝思先生。前左为师母刘叔华。

　　两说何者属实，非我所能考。但不论文中所谈是否真有其事，此文思想明朗，文字优美流畅，对我们这些十五六岁的青少年来说，其潜移默化的作用不可低估，的确是一篇品德教育的好文章。此文之所以能流传千古，不仅因为它的文字优美，也由于它所宣扬的思想人品具有震撼力吧！

　　这篇文章先生讲解得非常仔细，我也听得十分认真，讲了几堂课才讲完。最后先生提起不久前英年早逝的胞弟谢孝慈，说他也很喜欢这篇文章，讨厌周氏这样的为人。孝慈在病中还要乃兄为他朗读一遍。先生兄弟情深，谈到此处，不禁嘘唏。课堂则鸦雀无声了。

先生的为人，正是学生的榜样。1982年我首次专程前往苏州拜望先生，闻知先生关心家乡建设，以耄耋之年还要经常回家乡探望。我贸然提问：与其如此长途跋涉，何不当年回贵州定居？先生说，本来1945年日本投降后先生随社会教育学院迁到苏州，当时曾有回家乡为教育事业服务的打算。经与贵阳方面联系，贵阳国民党党部却提出要写一书面保证不参与进步活动。对此无理要求，先生愤然拒绝，遂在苏州落户。孝思先生是老一辈知识分子中的硬骨头，令我益加敬佩。

2000年6月，得知叔华师母仙逝，心里很难过，又担心先生健康，想前去看望他老人家。以后得知先生青健如常，已回家乡定居，由大师妹小松照料，遂较放心。2001年，先生九七华诞，我与上海的四妹相约同时回贵阳老家，为先生祝寿，探望亲友，并对贵州社会保障做点考察。我三弟世则中小学均就读于达德学校，当年孝思先生任达德校长，是先生的入门弟子，这次因故未能同去祝寿。我出发前即与世则弟为庆祝先生九七华诞一起拟了一副寿联，曰：“世纪师表桃李满天下，达德风骨五岳共仰之。”请老伴李昌毛笔书写，我姐弟二人署名，带到贵阳。在省府陈大卫同志的亲切关怀下，我与四妹兰馨夫妇、忆玲妹、大女儿李玉和长住贵阳的五弟世型夫妇、表弟杨守达等亲友及先生家属在云岩宾馆为先生祝寿。墙壁上挂着我带去的"庆寿图"，是李昌家乡湖南产工艺品。此图大红底色，上面织就一位老寿星，两旁是民间流行的祝词："福如东海长流水，寿比南山不老松。"喜气洋洋的会场上，我们向先生献上了从北京带去的寿联，兰馨代表我们献花，很是热闹。贵阳电视台闻讯亦派记者采访摄像。那天先生非常高兴，朋友们还唱了歌，兰馨唱起了当年从我学的先生教的昆曲。我对先生说，她是您的再传弟子，先生开心地笑了。先生还给我们唱了一首咏唱甲秀楼的歌。遗憾的是，李昌送给先生的祝寿诗寄到时庆祝会已开过，只好在辞行那天送去了。8月下旬回京前，我们去向先生告辞，先生赠我一幅题了字的奇石画，已述如前。这天，我们还碰见了谢友苏师弟，他们夫妇从苏州专程去贵阳探望老父，可惜也没有赶上那天的庆祝会。寥寥数日聚会，临别依依不舍。我对先生说，先生期颐之年，我还要再来贵阳。

哪知先生2002年又回苏州去了。今年春节电话拜节问安，才知先生去年10月东山之游受凉感染，住院治疗至今。此文结束时，我再次衷心祝愿老先生早日康复，安好。今年先生九九华诞，过了生日就是百岁，届时我一定要去苏州给老先生拜寿。

一代孤高百世师

——忆林宰平先生

吴小如

　　近时报刊涉及当年清华大学国家研究所的报道多起来了，追忆陈寅恪、吴宓诸先生旧事的文章亦时有所见。曾在所中执教的著名学者如王国维、梁启超，连海外人士也津津乐道。然而国学研究所中还有一位德高望重的大学者林宰平先生（名志钧），除张中行先生几年前曾写过一篇回忆短文外，几乎再没有人提及。笔者有幸，自二十世纪四十年代初至1960年宰老以患癌症病逝于北京为止，前后追随老人近二十年。尽管我在抗战胜利后成为宰老哲嗣林庚先生的学生，论理应称宰老为太老师；但以拜识宰老的时间在先，故宰老始终以忘年交相待，我往往在不知不觉中得到宰老不遗余力的提携策励。宰老辞世迄今已三十多年，每一追思，老人慈祥仁蔼的音容犹历历在我心目。如果说我在做人处世方面还能勉强做到俯仰无愧怍，那么同宰老对我的潜移默化的身教是分不开的。

宰老是梁任公先生的挚友。近人梁容若在其所著《梁启超传》中有一段话专论《饮冰室合集》的成书，今照录如下：

> 《饮冰室合集》，1932年林志钧编，上海中华书局出版。分为文集与专集，各自编年……共四十册，末附残稿存目凡十九种。林志钧与任公为多年知交，任公卒后，家属承遗命，以编订全集之责托付林氏，故本书为搜罗任公著作最完备者。活用编年与分类，极具匠心。（《文学二十家传》第367—368页，北京中华书局1991年出版）

对宰老的评价很高，却又是实事求是的。

二十世纪二十年代，沈从文先生初入北京，年仅二十，一面试写文章向各报投稿，一面过着饥一顿饱一顿的漂泊羁旅生涯。而宰老独具慧眼，爱才若渴，一见其文，即想方设法打听到从文先生的住处，并亲自去访问这位年轻人。宰老不但在友好间对从文师揄扬奖誉，而且在经济上更不时援手。我初识从文师，就是1946年在北京宰老寓所的座上相遇的。后来我到北大读书，从文师每与我谈及宰老同他昔年相识的情景，由于从文师极重感情，往往热泪盈眶。我曾扪心自揣，从文师之所以对我奖掖垂青，恐怕也是宰老时有过誉之言的缘故。

1937年抗日战争爆发，宰老因年事已高，未随清华南迁，乃避居于天津英租界马场道，恰好同我的住处隔街相望。四十年代初，我肆业于天津工商学院，由同学杨某之介，登楼拜谒宰老。竟承老人厚爱，第一次见面便接席长谈。宰老客中寂寞，我便从学校图书馆借来出版不久的几本哲学新著，如冯友兰的《新理学》、金岳霖的《论道》等，供宰老披览。有一次宰老出示一篇手稿，是与《论道》进行商榷的，据理驳辩，措辞严厉。我一面拜读，一面对宰老说："这样写，是否语气有点尖锐？"宰老当时未置可否。过了一段时间，宰老以柬召我去取书，嘱我把金著归还。这时宰老又给我看了与《论道》商榷的另一稿本，语气与前稿迥异，而且凡书中精辟可取处皆一一表而出之，两稿几乎不似出于同一作者之手。这时宰老对我说："初稿不免感情用事。龙荪（金岳霖先生的表字）学养功深，不宜一笔抹杀。若非足下前次提及，几乎铸造成大错。古人说'下笔令人惭'，信非虚言！"我听了立时大受感动。因知老辈做人治学，如此虚怀若谷，竟以愚稚后生一言，便把文章重新写过。盖宰老平时从不品陟或臧否时贤，对我的教诲也一向以身教而罕以言责。我与宰老比邻时，一度从学章草，每将日课呈览，也总是先肯定有进步，然后再详示不足之处，令人心悦诚服。后来我又学写旧诗，宰老也为之一一指瑕。我开始读清人舒铁云、郑子尹的诗，都是受宰老亲切指点。我曾向先父转述宰老作诗心得，先父也写了诗向宰老求正。今宰老《北云集》中有与先父唱和之作，就是四十年代中期写的。当时先父有七律一首赠宰老，是由我面呈的，故至今犹能背诵。全诗如下：

> 细字飞毫精力满，古稀庸独美于诗。
> 中原板荡平生守，一代孤高百世师。
> 正色谁同仇季智，存人不见郑当时。
> 学官卅载垂风气，掷笔吟成有所思。

宰老得诗，喟然太息。私心则以为先人之言，宰老足当之无愧也。

1948年夏，宰老一度迁住上海，由我护送至津港上船。到沪后经常有信赐我，对我钟爱有加，竟呼我的乳名。中华人民共和国成立后，宰老又回到北京。1951年我自天津调到北京工作，从此过从愈密。宰老见我已在大学教书，便对我说："你已为人师表，不好再叫你乳名，还是叫你小如吧。"有一次侍座之际，宰老不知谈到一件什么大事（大约是乘车不给老人让座之类），对世风颇有感慨，曾对我说："足下能待人以诚，在今日已很难得。为人当宅心仁厚，且勿以凉薄待人。"这是老人对我唯一的一次面诲，迄今已将四十年。每当我遇到拂逆坎坷之时，宰老的金玉良言便警醒于耳际。

今年到德国讲学，由于要介绍林琴南，乃重读《畏庐文集》。偶于《续集》中得《赠林宰平序》一篇，其略云：

> 纾颓老不振于世久矣。每与乡之英俊接，则屏息惴恐，患其僇辱……今得林生宰平，始廓然不置疑于其间也。生以三十之年，当辛壬纲辖崩敝之际，百党嚣呶，生独有见于其大者。不艳奇而逐名，不谄俗而徇利，湛然弗涤而清，恮然无慑而靖，能文章，未尝与时彦斗竟而求高，而又无忤于俗。呜呼！自余目中所见之英俊，生其最矣……生才美忠信……知党争之为祸，预有以远之，智也；不依阶以求进，望望然去之，让也；悉声论之无准，接人必恕，仁也。合仁让与智，君子也。友君子不当以其年，余故自忘其老，

即用是言以进交于宰平。

其揄扬奖誉宰老，一如宰老之于沈从文师。可见宰老一生，始终以推毂后进为己任，更以忠恕待人，以无言之教启迪青年。唯我平生情性褊急易怒，且每以直言嫉恶贾祸，不能认真做到动心忍性，以仁厚之心对待横逆之来侵。每一念及，实愧对宰老谆谆遗爱。今成此小文，既对宰老略表微忱，亦兼有自警自责之意耳。

徐辉老师这一生

许学芳

写下这行题目，心中五味杂陈。我不知道该怎样评说徐辉老师的一生。他的经历，其真实感受，只有他自己最清楚；作为晚辈，作为他的学生，我只能结合当时的背景，简述如下：

他是浙江永康人，生于1926年，地主家庭。从小读书，1948年中国新闻专科学校新闻专业（该专业后来并入复旦大学新闻系）肄业（读了两年）。1949年1月参加工作，先在永康县政府秘书科任秘书，后在浙江省干部学校教育处任校刊编辑。1950年在北京入伍，任军委铁道兵团政治部《人民铁军报》见习编辑、编辑。

朝鲜战争爆发，他以随军记者身份入朝。从朝鲜回来

图1 1955年徐辉在沈阳留影，时任解放军某速成中学教师。

后即复员，他没有回浙江，而是选择了山东。徐辉老师后来告诉我，那时他是有机会留政府机关工作的，但他说他还是喜欢教书，喜欢当教员。就这样，他来到了潍坊二中，教高中语文，从此他就再也没离开过教育。

1959年至1961年，我在潍坊二中读初一、初二，徐辉老师教高一语文。在二中，徐老师的声望很高，我们初中的学生也都知道他，仰慕他。1961年国家经济困难，读中学的农村孩子户口一律迁回农村。这年秋天，我升初三，

图2　1959年，徐辉夫妇与母亲及长子摄于潍坊二中。

户口迁回农村，我读书的学校也由潍坊二中转到了离家较近的潍坊四中。在四中上了不到一星期，一天，突然有人告诉我，说徐辉老师调到潍县十中教初三了。听到这个消息，我们七八个同学当天下午就办了转学手续，第二天就到潍县十中报到去了。这个学校就在我们乡（潍县沟西乡），离我家二里地，是由原来的一所农业中学改建的，条件十分简陋，我们转到这所学校来，就是奔着徐辉老师去的！

　　徐辉老师调到潍县十中任教，现在想来，多半也是为了照顾家庭。徐老师的爱人王璇老师，就在我们村（沟西乡大营子村）教小学。潍县十中没有宿舍，徐老师一家就住在我们村西头一户农民家的烤烟房里。房子是土坯垒的，隔成了三小间，内墙用黄泥抹了抹，东间房里盘了一爿土炕。我去过他家两次：一次是徐老师要在村南边的沟里开荒，我去他家送工具；一次是放学的时候，徐老师要我捎给他母亲一封信，是母子俩商量晚上怎么做饭的。那时候，徐老师家口粮也很紧张，他需要在南沟里开垦荒地，种一点地瓜、蔬菜，补贴口粮。他开荒种地，我没有帮他，星期天我得去电厂渣子山捡煤渣。他要我捎的信，我捎到了。接到信，徐老师的母亲，那位慈祥、文明、满头银发的老奶奶，微笑着走到院子里，借着亮光，戴上花镜，看儿子的短信。那情景，我到今天也还记得。

　　徐老师教了我们一年语文，这是我们的福气。他的课讲得确实好，经常有外校的老师也来听他讲课，就坐在我们后面，能占半间教室。为了提高我们的写作能力，他还把自己订阅了多年的《人民文学》抱到教室里，让我们随便翻看。他热爱学生，教书更重育人。他主持正义，性格耿直，有时甚至直得吓人。一次，我们班的班主任在课堂上批评一位女同学，说她"不安心学习，光知道写信了，来信就像刮豆叶似的"，批得那位女同学趴在课桌上呜呜地哭。下了课，我到老师办公室去交作业，看到徐辉老师正在批评我们的班主任，说："才十五六岁，还是个孩子！有

图3 1981年，潍坊市二十八中语文教研组合影（前排中为徐辉）。

什么问题，不能找她个别谈谈吗？非得这样……"班主任
红着脸听着，望着徐老师，一声没吭。

我们毕业后，潍县十中就搬到另一个乡（治浑街）去
了，学校也改名为"潍坊二十八中"，徐老师继续在二十八
中教毕业班。我则考进了潍坊一中读高中。高中三年，我
跟徐老师没有联系。1965年，我被济南一所师范院校录
取，我不喜欢读师范，心中苦闷，就给徐辉老师写了一封
信。徐老师很快就回信了，信写得很长。他在信中说，最

近，他喜欢上了修汽灯。学生在教室上晚自习，汽灯坏了，都是他去修。当汽灯修好，教室里重又明亮起来，汽灯发出"咝咝"的声音，他的心里就感到无比快乐。他说，他还喜欢上了修表，座钟、挂钟、手表，他都能修，也喜欢修。同事、邻居的钟表坏了，都找他修。当修好一只钟或表，听着钟表"滴滴答答"走着，他的心里也是无比快乐。我知道徐老师是在开导我：对大家有益的事，就是有意义的事；喜欢上了哪项工作，那工作做起来就其乐无穷！

二十世纪八十年代，我供职的那家报社派我到潍坊记者站工作，我的家也从农村搬到了潍坊。我在潍坊记者站工作了十年。这十年，我见徐老师的机会多了，交往也多了。徐老师的二儿子徐洛中在外贸货轮上工作，二儿子要出海了，徐老师就把我们全家叫了去，为他的儿子送行。他的大儿子徐鲁钢结婚，徐老师专门请了他的老领导、老同事、老朋友，有潍坊二中的老校长潘少平，潍坊二中教高三语文的特级教师苏乃谦，我在潍坊二中读初一时的班主任张树名老师，在二中教过我美术、以画大公鸡而见长的著名画家张建时老师，另外还有我，一起拉到他家去，为他的儿子庆婚。这时的徐辉老师，我看他是最高兴的了。徐老师曾跟我说过："我是浙江人，大半辈子在山东度过，山东就是我的家。我在这里没亲戚，我们就当亲戚走！"1984年，徐老师当了潍坊市政协委员，他来潍坊开会，一定到我家来。平日到了星期天，他也经常来我家。我们走动得，真的比亲戚还勤。

徐老师晚年，当地政府对他的照顾是好的。徐老师退休后，为了照顾他看病方便，坊子区委、区政府、教育局特意在区政府驻地给他找了房子，先是安排他全家搬到潍坊十二中，后又安排到潍坊四中。徐辉老师就是在潍坊四中去世的，去世的日子是：2009年12月31日晨5时，享年83岁。

这些照片都是徐辉老师的二儿子徐洛中提供给我的。去年夏天，鲁钢、洛中兄弟俩到济南来看我，我要他们把徐老师的照片发给我。一方面是我要保存徐老师的照片；二是我想把这些照片发到流布甚广的《老照片》上，让更多的人认识徐辉老师，记住徐辉老师，记住浙江永康有一个知识分子，从朝鲜战场上走来，在山东潍坊落户、扎根，把自己的后半生全部献给了他衷心热爱的教育事业，他是山东的骄傲，也是浙江的骄傲。

激情孟夫子

在中学及大学时代，小子我最崇敬的是孟志荪老师"国（文）选（读）"的教学。他一口微带天津口音的普通话，年过五旬，从外表看并没有什么显突之处，经常穿一件浅绿色的哗叽长衫，已经相当陈旧了，有时穿战前缝制的黑呢中山服，夏天穿白呢中山服，从天津来的老南开，都有这样的中山服。

从他私下的谈话里，了解到他是金陵大学外文系毕业，学的是西方洋文学，几十年教的，却是中华土文学。了解了这一点，就不难了解孟老师的学术及生活中，为什么没有一般国文老师作为职业特征的迂腐之气了。孟老师的学术思想表现在两方面，一是他参与主编的教材，二是他的课堂教学活动。

中学时代，我们使用的课本大多是出版于社会各大书店，如中华余介石的数学、商务陈桢的生物、钟山张其昀的地理等。初一、初二英语是中华文幼章编的，高三英语是商务出的综合英语课本，中间一段是学校自编的。只有国文课，从初一到高一，全是学校自编的，孟老师是主编者之一。对比当时的其他国文教材及以后屡经改变的语文教材，依小子愚见，是最好的一套语文教材。从初一到高一，内容由浅入深，"五四"以来的白话及文言并重，白话作家有鲁迅、茅盾、叶绍钧、郑振铎、冰心、许地山、夏丐尊、苏雪林等，大体上都是文学研究会的作家，而创造社诸公如郭沫若等人的作品，一篇也未入选。一方面，在编辑此书时，郭沫若的通缉令尚未取消，不能入选；另一方面，恐怕也与孟老师的文学主张有关，在讲课时，他多次谈到，他主张为人生而艺术（art for life's sake），反对为艺术而艺术（art for art's sake）。高二课程，可说是一部中国文学史，从《诗经》《楚辞》、乐府，到明清的散文、戏曲，通过选读各期的代表作品，讲述中国各期文学发展的简貌。高三是一部先秦思想史，课本是孔、孟、荀、墨经典著作的节选。从初一第一课叶绍钧的《藕与莼菜》起，记得读过的作品有：屈原的《九歌》，司马迁的《报任少卿书》《李将军列传》，杨恽的《报孙会宗书》，李后主的词，李、杜的诗，《古诗十九首》，张若虚的《春江花月夜》，韦庄的《秦妇吟》，韩愈的《祭十二郎文》，袁枚的《祭妹文》，苏东坡的《赤壁赋》，史可法的《答多尔衮书》，孔尚任的《哀江南》……都是千古的至情名篇。王阳明的一篇也未入选，曾国藩的家书大概也只选了一篇，从这里就可看出孟老师没有丝毫媚骨，在那个时代，这是多么难能可贵。中学语文不过两大任务：一情操的陶冶（现在叫爱国主义的培养），二写作能力的提高，这套教材都充分完成了。关于前者，就以愚劣如小子我而论，自省对咱们东方古代灿烂文明有点了解，就完全受益于这套教材。关于后者，在《四四萍踪》上看到众级友的写作，大多出手不凡，就可能与这套教材有关。所有这些，都不能不使人感激它的主编孟老师了。

孟老师的讲课，是非常生动精彩的。孟老师知识渊博，口才雄辩，讲课既富哲理，又充满激情，任何人听他的课，都会被他吸引，感情随他的指引而回荡起伏，进入秦汉和唐宋诗文的境界，下课铃响后，才如梦初醒，回到现实。这也许就是演员所谓进入角色，孟老师的讲课，的确有使你进入角色的神功，或议论时事，或臧否人物，或抒发感情，或嬉笑怒骂，都非常生动。写到这里，上过孟老师课的女级友，一定会说小子吹牛，她们的确都未领略过这种精彩讲课。当时我们男生，都有这种感觉，同一个孟老师，在男生班和男女混合班，讲课的生动性竟有很大的不同。有十八九岁的女生在座，讲话多少要注意一点分寸，这点考虑，把孟老师在男生班上经常出现的瞬间激情破坏了，因此像在男生班那种即兴发挥一次也未出现过。"国选"班内先教《离骚》，后教唐宋诗词，可供孟老师即兴发挥的地方可说太多了，因为女生在座，使本来可以欣赏到的精彩表演都未欣赏到。所以，当时我们男生的心情，都很矛盾，一方面希望看到她们，一方面又真想把她们轰走。当然，口说无凭，举例为证。讲到诗言志时，孟老师说："刘邦是个泼皮，当了皇帝，神气活现，短短三句话，就把市井无赖心灵暴露无遗。'大风起兮云飞扬'，写景起兴进入主题，'威加海内兮归故乡'，流氓闯江湖发了横财，一定要回老家炫耀一番，不仅对外人炫耀，对自己老子也炫耀，对他老子说：'老爷子说我最没出息，到底是我发的财多，还是兄弟他们发的财多？''安得猛士兮守四方'，像上海的小瘪三，双手抱着偷来的金银珠宝，日夜坐卧不安，哪里去找高明打手，替我守家护院？"一面说，一面身体微微前倾，双臂左右伸出，又向前合拢，似乎面前真有一堆金银珠宝。这首《大风歌》，孟老师在四十年前是这样对学生讲的，谁能说不精彩？在讲到司马相如时，孟老师说："司马相如人品卑劣，年轻时看到卓文君是个 charming beautiful young lady（哄堂大笑），就打卓小姐的主意，勾上手之后，又敲老丈人的竹杠。卓文君娘婆两家都是川西坝儿的大绅粮，珠宝首饰体己私房，钱随人来，司马相如已经发了一笔妻财，还不满足，还要开什么酒馆。"讲到这里，突然装着四川腔说："幺师！来了！你哥子今天吃点什么？今天的猪耳朵安逸极了，你哥子来四两？"讲时装出点头哈腰的样子，双膝揖曲，右手向上一扬，似乎把一块抹布搭在肩上。"卓王孙这个临邛首富，哪里受得了女婿这样出他洋相，只好请人拿言语，赠送银子，请两口子去长安。后来卓文君年老色衰，又被打入冷宫。"对这个所谓文坛佳话，孟老师的见解的确高人一筹。"charming beautiful young"三个形容词从此经常出现在当时高三一组男生口中，lady 被换成了 girl 安在某些女生身上。

孟老师的文学见解，有些是非常精彩的。他说："《史记》的文章，最好全读，如果你没有时间，又想读写得最好的。那你就找倒霉不幸的人的传记来读，司马迁对不幸倒霉的人，都充满同情，写得十分精彩，《项羽本纪》就比《高祖本纪》高明得多。"其实，孟老师本人的讲课，也遵循这条原理，对遭遇不幸的作者，孟老师讲起来，也都是特别富有感情。屈原、司马迁、李后主、杜甫，无论是他们的作品，或是他们的生平，孟老师都讲得那么生动，有时真可以说声泪俱下。"朝扣富儿门，暮随肥马尘。残杯与冷炙，到处潜悲辛。"孟老师讲到这里几乎哽咽起来，停顿了一会，才接续下去。"文穷而后工"，孟老师是很相信这句话的，他常说："后世推崇的作家，也许今天正在挨穷受困，默默无闻。"对于李、杜，虽然他说："二人各有所长，李不能为杜之沉郁，杜不能为李之飘逸，前人早有定论，各有千秋，我不偏爱谁。"可实际上，他强调说，前人早就说过李白诗内80%是醇酒、妇人、神仙，格调不高。在具体的情感倾向上，谁都能看出孟老师是一个彻头彻尾的扬杜抑李派，相信后来，也决不会看谁脸色，见风转舵，变成一个扬李抑杜派。

作为国文老师，孟老师很重视纠正同学的错读错写，他反复强调一些容易读错的正读，例如他讲"滑稽"应读成"骨基"，"土蕃"应读"土波"而不读"土翻"，其实，历史老师也读的"土翻"。对一些粗话脏字，其他老师大概知道也不会教的，孟老师却不回避（也许这是男女分班的好处）。例如，他讲清楚了风马牛不相及与争风吃醋中"风"字的意义。有次，他又在黑板上写了个"鸟"字说："这个字在《水浒》的好汉口语中，经常出现，如果你们不知道它的读法，李逵语言的粗野美怎么能欣赏？你们应该知道，但不应该说。"他并未读出来，下课后，我问一个四川同学，他不知道，另外问一个，才知道了，原来是老熟人，一天到晚听到说，却不知是这个字。

我的老师

邹启钧

我们的尹本艺老师，1928年出生，2006年去世，享年七十八岁。尹老师毕生从事教育事业，在小学教师的岗位上工作了一辈子。

1951年，尹老师刚从湖北江陵师范毕业，立刻被安排参加土改。1952年转到江陵县老扬乡。当年3月5日，拍下了这张照片（图1），照片中右起第一人为尹老师。20世纪50年代的天气比现在冷，从照片中人的衣着穿戴看，尹老师可算是家境较为贫寒的一位。照片是在尹老师去世后才见到的，所以，我对照片中其他八人的情况一无所知。好在照片的背面，依稀可辨他们的亲笔签名。照片背景，为鄂中腹地的典型农舍。这是一个下雨天，地上湿漉漉的，

图1 1952年，摄于江陵县老扬乡。

大概是归心似箭，哪怕是下雨，也要回家去了。有趣的是，照片中左起三、四两位，给人以相恋相依的感觉，这在当年，应该是够罗曼蒂克的了。

尹老师离开土改工作队，回老家湖北当阳探望父母，稍作逗留，便赶来沙市，被分配到私立两江小学任教。1952年，我念一年级，从此开始了我们几十年弥足珍贵的师生之谊。后来，两江小学合并进兴盛街小学，我在兴盛街小学读完四年级初小，转入沙市第五小学念高小，直至六年级毕业，尹老师始终同我在一起。我作为免试生保送省重点中学沙市三中后，也从未断过同尹老师的联系。尹老师给我们的印象是，执教极严，特别是对调皮捣蛋成绩很差的学生，没有好脸色，急躁起来，嘴边就出一句：寡廉鲜耻！这话在当时，作为小学生的我们，完全不懂，只知道是一句极不好的话。

课余，尹老师常常在放学前给我们讲故事，他是《少年文艺》的长期订户。尹老师为人诚实朴素，但也曾被我们小学生认为过于奢侈。念一年级时，我们见他住的虽然是芦席夹的房间，每天早上却要用一根小棍在嘴里洗出白泡沫，听说那东西只有有钱人才用。后来才弄明白，那是牙膏牙刷，是为了讲卫生。这件事我从未对尹老师说过，回想起来，只觉得自己好笑。

1959年2月，大办钢铁之后，尹老师把我们部分学友邀约到一起，在中山公园的河边大柳树下，照了一张合影（图2）。

图2 1959年，在中山公园的河边大柳树下。

图3 尹本艺与学生们相会合影。

他题了一行字：我们在大跃进的年代里相会了。尹老师几
乎每年都同部分学生相会合影，每次合影总有题词。图3是
唯一一张没有题词和人数到得最多的合影。照片中拥着尹
老师左臂的女孩儿，是他抱养的义女。前排左一谢文、左
二是我、左三龙明德，左四许光国。特别值得一提的是二
排左一董友骐，他高中时参军，转业后任神电集团工会干
部，几十年与尹老师保持亲密联系，简直像个儿子，在同
学中传为美谈。

　　尹老师多年没有结婚，中年收养了一个义女。直到离
世前两年，因义女出嫁，身边无人，才在邻里撮合下，找

图4 尹本艺六十大寿合影。

了个老伴，照顾他的饮食起居。两年后，他就走了。尹老
师年轻的时候，与同校的一位女老师有过一次恋爱，但不
知道为什么没能组成家庭。

　　图4是由董友骐组织发起、为尹老师做六十大寿时的合
影。同学们大家出钱，在餐馆包席，还给尹老师赠送了两
件生辰礼品：一件铜雕塑，一件彩色贝壳条屏。记得当时
尹老师发表了热情洋溢的即席讲话。听了他的一番话，知
道他已不再把我们当作他的学生，而是多年的朋友。印象
最深的有这么一句："我来沙市这么多年，没有亲人，你们
就是我的亲人！"

我的塾师

陆文夫

我六岁的时候开始读书了，那是1934年的春天。

当时，我家的附近没有小学，只是在离家二三里的地方，在十多棵双人合抱的大银杏树下，在小土庙的旁边有一所私塾。办学的东家是一位较为富有的农民，他提供场所，请一位先生，事先和先生谈好束修、饭食，然后再与学生的家长谈妥学费与供饭的天数。富有者多出，不富有者少出，实在贫困而又公认其有出息者也可免费。办学的人决不从中渔利，也不拿什么好处费，据说赚这种钱是缺德的。但是办学的有一点好处，可以赚一只粪坑，多聚些肥料好种田，那时没有化肥。

我们的教室是三间草房，一间作先生的卧室，其余的两间作课堂。朝北篱笆墙截掉一半，配以纸糊的竹窗。可以开启，倒也亮堂。课桌和凳子各家自带，八仙桌、四仙桌、梳桌、案板，什么都有。

父亲送我入学，进门的第一件事便是拜孔子。"大成至圣先师孔子之位"的木牌供在南墙根的一张八仙桌上，桌旁有一张太师椅，那是先生坐的。拜时点燃清香一炷，拜烛一对，献上供品三味：公鸡、鲤鱼、猪头。猪头的嘴里衔着猪尾巴，有头有尾，象征着整猪，只是没有整羊和全牛，那太贵，供不起。

我拜完孔子之后便拜老师，拜完之后抬头看，这位老师大约四十来岁（那时觉得是个老头），戴一副洋瓶底似的近视眼镜，有两颗门牙飘在外面。黑棉袍、洗得泛白的蓝布长衫，穿一条扎管棉裤，脚上套一双"毛窝子"，一种用芦花编成的鞋，比棉鞋暖和。这位老师叫秦奉泰，我之所以至今还记得他的名字，那是因为我曾把秦奉泰读作秦秦秦，被同学们嘲笑了好长一阵，被人嘲弄过的事情总是印象特深。

秦老师受过我三拜之后，便让我站在一边，听我父亲交代。那时候，家长送孩子入学，照例要做些口头保证，大意是说孩子入学之后，一切都听先生支配。任打任骂，家长绝无意见，绝不抗议。那时的教学理论是"玉不琢不成器"，所谓琢者即敲打也。

秦老师也打人，一杆朱笔、一把戒尺是他的教具，朱笔点句圈四声，戒尺又作惊堂木，又打学生的手心，学生交头接耳，走来走去，老师便把戒尺一拍，叭地一响，便出现了琅琅的读书声。

秦老师教学确实是因材施教，即使是同时入学的学生，课本一样，进度却是不同的。我开始的时候读《百家姓》《三字经》。每天早晨教一段，然后便坐到课桌上去摇头晃脑地大声朗读，读熟了便到老师那里去背，背对了再教新的。规定是每天背一次，如果能背两次、三次，老师也不反对，而是加以鼓励。但也不能充好汉，因为三天之后要"总书"，所谓温故而知新，要把所教的书从头背到尾，背不出来那戒尺可不客气。我那时的记忆力很好，背得快，不挨打，几个月之后便开始读《千家诗》《论语》。秦老师很欢喜，一时兴起还替我取了个学名叫陆文夫，因为我原来的名字叫陆纪贵，太俗气。

我背书没有挨打，写字可就出了问题。私塾里的规矩是每天饭后写大、小字，我的毛笔字怎么也写不好，秦老师开始是教导我："字是人的脸，写得难看是见不得人的。"没用。没用便打手心，这一打更坏，我于是视写字为畏途，拿起毛笔来手就抖。直至如今，写几个字还像蟹爬的。

秦老师是个杂家，我觉得他什么都会。他写得一手好字，替人家写春联、写喜幛、写庚帖、写契约、合八字；看风水，念咒画符，选黄道吉日；还会开药方。他的桌子上有一堆书，那些书都不是课本，因为《论语》《孟子》之类他早已倒背如流，现在想起来可能是属于医卜星相之类，还有一只罗盘压在书堆的上面。秦老师很忙，每天都有人来找他写字、看病，或是夹起个罗盘去看风水。经常有人请他去吃饭，附近的人家有红白喜事，都把老师请去坐首席。

抗日战争爆发以后，办学的农民怕出事，把私塾停了。秦老师到另外的一个地方去授馆，那里离我家有十多里，穷乡僻壤，交通不便，可以躲避日寇。秦老师事先与办学的东家谈妥，他要带两个得意的门生作为附学（即寄宿生），附学的饭食也是由各家供给的，作为束修的一个部分。一个附学姓刘，比我大五六岁，书读得很好，字也写得很漂亮，秦老师来不及写的春联偶尔也由他代笔。此人抗战期间参加革命，后来听说也是做新闻工作的。还有一个附学就是我了，那时我才九岁，便负笈求学，离家而去，从此便开始了外出求学的生涯，养成了独自处理生活的能力。

新学馆的所在地确实很穷，偌大的一个村庄，有上百户人家，可学生只有十多个。教室是两间土房，两张床就搁在教室里，我和姓刘的合睡一张竹床，秦老师睡一张木床，课桌和办公桌就放在床前。房屋四面来风，冬天冻得簌簌抖，手背上和脚后跟上生满了冻疮，冻疮破了流血流脓，只能把鞋子拖在脚上。最苦的要算是饭食了，附学是跟随先生吃饭，饭食是由各家轮流供给，称作"供饭"。抗战以前供饭是比较考究的，谁家上街买鱼买肉，人们见了便会问："怎么啦，今朝供先生？"那吃饭的方式确实也像上供，通常是用一只长方形二层的饭篮送到学校里来，中午有鱼有肉，早晚或面或粥，或是糯米团子，面饼等。我走读的时候，同学们常偷看先生的饭篮，看了嘴馋。等到我跟先生吃供饭的时候可就糟了，也许是那个地方穷，也许是国难当头吧，我们师生三人经常吃不饱，即使吃不饱也不能吃得碗空空，那是要被人笑话的。有一次轮到一户穷人家供饭，他自家也断了顿，到亲朋家去借，借到下午才回来，我们师生三人饿得昏昏。这是我第一次体验到饥饿的滋味，饿极了会浑身发麻、头昏、出冷汗。当然，每月也有几天逢上富有的人家供饭，师生三人可以过上几天好日子，对于这样的日期，我当年记得比《孟子》的辞句都清楚。

日子虽然过得很苦，可我和秦老师的关系却更加密切，毛笔字还未练好，秦老师大概见我在书法上无才能，也就不施教了，便教我吟诗作对，看闲书。吟诗我很有兴趣，特别是那些描绘自然景色的田园诗，我读起来就像身历其境似的。作对我也有兴趣，"平对仄，仄对平，反正对分明，来鸿对去雁……"有一套口诀先背熟，然后再读秦老师手抄的妙对范本。我至今还记得一些绝妙的对联，什么"屋北鹿独宿，溪西鸡齐啼"，"和尚撑船篙打江心罗汉，佳人汲水绳牵井底观音"。当然，最有兴趣的要算是看闲书了，所谓闲书便是小说。

前面说到秦老师的桌上有许多不属于课本之类的书，这些书除掉医卜星相之外便是小说。以前我不敢去翻，这时朝夕相处，也就比较随便，傍晚散学以后百无聊赖，便去翻阅。秦老师也不加拦阻，首先让我看《精忠岳传》，这一看便不可收，什么《施公案》《彭公案》《七侠五义》《三国演义》都拿来看了，看得废寝忘食，津津有味，其中有许多字都不识，半看半猜，大体上懂个意思，这就造成后来经常读白字，写错字。

秦老师的书也不多，他很穷，无钱买书。但是，那时有一种小贩，名叫"笔先生"，他背着一个大竹箱，提着一个包裹，专门在乡间各个私塾里走动，卖纸、墨、笔、砚和各种教科书，大多是些石印本的《论语》《孟子》《百家姓》《千家诗》。除掉这些课本之外，箱子底下还有小说，用现在的话说都是些通俗小说。这些小说不卖给学生，只卖给老师，乡间的塾师很寂寞，不看点闲书很难受。只是塾师们都很穷，买的少，看的多，于是"笔先生"便开展了一种租书的业务。每隔十天半月来一次，向学生推销纸、墨、笔、砚，给塾师们调换新书，酌收一点租费。如果老师叫学生多买点东西，那就连租费都不收，因此我们经常可以看到新书。那时，我经常盼望"笔先生"的到来，就像盼望轮到富人家供饭似的。

秦老师不仅让我看小说，还要和我讨论所看过的小说，当然不是讨论小说的作法，而是讨论书中谁的本领大，哪条计策好，岳飞应当"将在外君命有所不受"，不应当被十二道金牌召回临安，待他日直捣黄龙，再死也不迟。看小说还要有点儿见解，这也是秦老师教会了我。当然，秦老师这样做不会是想把我培养成一个作家，将来也写小说。可这些都在幼小的心灵中生下了根，使我与文学结下了不解之缘。

一年之后因为家庭的搬迁，我便离开了秦老师，从此以后就再也没有见到他，可他却没有忘记我。听我父亲说，他曾两次到我家打听过我，一次是在中华人民共和国成立的初期，一次是在困难年，即20世纪60年代的初期。抗战胜利以后私塾取消，秦老师失业了，在家靠儿子们种田过日子，日子过得很艰难，据说是形容枯槁，衣衫褴褛，老来还惦记着他的两个得意门生，一个是我，一个是那位姓刘的。大概他想起还教过一些学生的时候便可以得到一些安慰吧。前些年我回乡时也曾经打听过他，却没有人知道这世界上还有或曾经有过叫秦奉泰的。"乡曲儒生，老死翰墨，名不出闾巷者何可胜道。"我记起了秦老师曾经教过我的《古文观止》。

文章与前额并高

余光中

　　自从十三年前迁居香港以来，和梁实秋先生就很少见面了。屈指可数的几次，都是在颁奖的场合，最近的一次，却是从梁先生温厚的掌中接受《时报文学》的推荐奖。这一幕颇有象征的意义，因为我这一生的努力，无论是文坛或学府，要是当初没有这只手的提掖，只怕难有今天。

　　所谓"当初"，已经是三十六年以前了。那时我刚从厦门大学转学来台，在台大读外文系三年级，同班同学蔡绍班把我的一叠诗稿拿去给梁先生评阅。不久他竟转来梁先生的一封信，对我的习作鼓励有加，却指出师承囿于浪漫主义，不妨拓宽视野，多读一点现代诗，例如哈代、浩斯曼、叶芝等人的作品。梁先生的挚友徐志摩虽然是浪漫诗

图1 余光中与双亲摄于上海。

人，他自己的文学思想却深受哈佛老师白璧德之教，主张古典的清明理性。他在信中所说的"现代"自然还未及现代主义，却也指点了我用功的方向，否则我在雪莱的西风里还会漂泊得更久。

直到今日我还记得，梁先生的这封信是用钢笔写在八行纸上，字大而圆，遇到英文人名，则横而书之，满满地写足两张。文艺青年捧在手里，惊喜自不待言。过了几天，在绍班的安排之下，我随他去德惠街一号梁先生的寓所登门拜访。德惠街在城北，与中山北路三段横交，至则巷静人稀，梁寓雅洁清幽，正是当时常见的日式独栋平房。梁师母引我们在小客厅坐定后，心仪已久的梁实秋很快就出现了。

那时梁先生正是知命之年，早已进入也无风雨也无晴的境界。他的谈吐，风趣中不失仁蔼，谐谑中自有分寸，十足中国文人的儒雅加上西方作家的机智，近于他散文的风格。他就坐在那里，悠闲而从容地和我们谈笑。我一面应对，一面仔细地打量主人。眼前这位文章巨公，用英文来说，体形"在胖的那一边"，予人厚重之感。由于发岸线（hairline）有早退之象，他的前额显得十分宽坦，整个面相不愧天庭饱满，地阁方圆，加以长牙隆准，看来很是雍容。这一切，加上他白皙无斑的肤色，给我的印象颇为特殊。后来我在反省之余，才断定那是祥瑞之相，令人想起一头白象。

当时我才二十三岁，十足一个躁进的文艺青年，并不很懂观象，却颇热衷猎狮（lion-hunting）。这位文苑之狮，学府之师，被我纠缠不过，答应为我的第一本诗集写序。序言写好，原来是一首三段的格律诗，属于新月风格。不知天高地厚的躁进青年，竟然把诗拿回去，对梁先生抱怨

图2　20世纪60年代的张志宏神父（左）、小说家王兴文（中）与诗人余光中（右）。

说："你的诗，似乎没有特别针对我的集子而写。"

　　假设当日的写序人是今日的我，大概狮子一声怒吼，便把狂妄的青年逐出师门去了。但是梁先生眉头一抬，只淡淡地一笑，徐徐说道："那就别用得了……书出之后，再给你写评吧。"

　　量大而重诺的梁先生，在《舟子的悲歌》出版后不久，果然为我写了一篇书评，文长一千多字，刊于1952年4月16

日的《自由中国》。那本诗集分为两辑，上辑的主题不一，下辑则尽为情诗。书评认为上辑优于下辑，跟评者反浪漫的主张也许有关。梁先生尤其欣赏《老牛》与《暴风雨》等几首，他甚至这么说："最出色的要算是《暴风雨》一首，用文字把暴风雨的那种排山倒海的气势都描写出来了，真可说是笔挟风雷。"

在那么古早的岁月，我的青涩诗艺根柢之浅，可想而知。梁先生溢美之词固然是出于鼓励，但他所提示的上承传统旁汲西洋，却是我日后遵循的综合路线。

朝拜缪斯的长征，起步不久，就能得到前辈如此的奖掖，使我的信心大为坚定。同时，在梁府的座上，不期而遇，也结识了不少像陈之藩、何欣这样同辈的朋友，声应气求，更鼓动了创作的豪情壮志。与诗人夏菁也就这么邂逅于梁府，而成了莫逆。不久我们就惯于一同去访梁公。有时也约王敬羲同行。不知为何，记忆里好像夏天的晚上去得最频。梁先生怕热，想是体胖的关系；有时他索性只穿短袖汗衫接见我们，一面笑谈，一面还要不时挥扇。我总觉得，梁先生虽然出身外文，气质却在儒道之间，进可为儒，退可为道。可以想见，好不容易把我们这些恭谨的晚辈打发走了之后，东窗也好，东床也罢，他是如何地坦腹自放。我说坦腹，因为他那时有点发福，腰围可观，纵然不到福尔斯塔夫的规模，也总有约翰逊或纪晓岚的分量，足证果然腹笥深广。据说，因此梁先生买腰带总嫌尺码不足，有一次，他索性走进中华路一家皮箱店，买下一只大皮箱，抽出皮带，留下箱子，扬长而去。这倒有点《世说新语》的味道了，是否谣言，却未向梁先生当面求证。

梁先生好客兼好吃，去梁府串门子，总有点心招待，想必是师母的手艺吧。他不但好吃，而且懂吃，两者孰因孰果，不得而知。只知他下笔论起珍馐名菜来，头头是道。就连既不好吃也不懂吃的我，也不禁食指欲动，馋肠若蠕。在糖尿病发之前，梁先生的口福委实也饫足了。有时乘兴，他也会请我们浅酌一杯。我若推说不解饮酒，他就会作态佯怒，说什么"不烟不酒，所为何来？"引得我和夏菁发笑。有一次，他斟了白兰地飨客，夏菁勉强相陪。我那时真是不行，梁先生说"有了"，便向橱顶取来一瓶法国红葡萄酒，强调那是1842年产，朋友所赠。我总算喝了半盅，飘飘然回到家里，写下《饮一八四二年葡萄酒》一首。梁先生读而乐之，拿去刊在《自由中国》上，一时引人瞩目。其实这首诗学济慈而不类，空余浪漫的遐想；换了我中年来写，自然会联想到鸦片战争。

梁先生在台北搬过好几次家。我印象最深的两处梁宅，一在云和街，一在安东街。我初入师大（那时还是省立师范学院）教大一英文，一年将满，又偕夏菁去云和街看梁先生。谈笑及半，他忽然问我："送你去美国读一趟书，你去吗？"那年我已三十，一半书呆，一半诗迷，几乎尚未阅世，更不论乘飞机出国。对此一问，我真是惊多喜少。回家和我存讨论，她是惊少而喜多，马上说："当然去！"这一来，里应外合势成。加上社会压力日增，父亲在晚餐桌上总是有意无意地报道："某伯伯家的老三也出国了！"我知道偏安之日已经不久。果然三个月后，我便文化充军，去了秋色满地的爱荷华城。

从美国回来，我便专任师大讲师。不久，梁先生从英语系主任变成了我们的文学院长，但是我和夏菁去看他，仍然称他梁先生。这时他又迁到安东街，住进自己盖的新屋。稍后夏菁的新居在安东街落成，他便做了令我羡慕的梁府近邻，也从此，我去安东街，便成了福有双至，一举两得。安东街的梁宅，屋舍俨整，客厅尤其宽敞舒适，屋前有一片颇大的院子，花木修护得可称多姿，常见两老在花畦树径之间流连。比起德惠街与云和街的旧屋，这新居的主人住在"家外之家"，怀乡之余，该是何等快慰。

六十五岁那年，梁先生在师大提前退休，欢送的场面十分盛大。翌年，他的"终身大事"，《莎士比亚戏剧全集》之中译完成，朝野大设酒会庆祝盛举，并有一女中的学生列队颂歌；想莎翁生前也没有这般殊荣。师大英语系的晚辈同事也设席祝贺，并赠他一座银盾，上面刻着我拟的两句赞词："文豪述诗豪，梁翁传莎翁。"莎翁退休之年是四十七岁，逝世之年也才五十二岁，其实还不能算翁。同时莎翁生前只出版了十八个剧本，梁翁却能把三十七本莎剧全部中译成书。对比之下，梁翁是有福多了。听了我这意见，梁翁不禁莞尔。

这已经是二十年前的事了。后来夏菁担任"联合国"农业专家，远去了牙买加。梁先生一度旅居西雅图。我自己先则旅美二年，继而去了香港，十一年后才回台湾。高雄与台北之间虽然只是四小时的车程，毕竟不比厦门街到安东街那么方便了。青年时代夜访梁府的一幕一幕，皆已成为温馨的回忆，只能在深心重温，不能在眼前重演。其实不仅梁先生，就连晚他一辈的许多台北故人，也都已相见日稀。四小时的车程就可以回到台北，却无法回到我的台北时代。台北，已变成我的回声谷。那许多巷弄，每转一个弯，都会看见自己的背影。不能，我不能住在背影巷与回声谷里。每次回去台北，都有一番近乡情怯，怕卷入回声谷里那千重魔幻的漩涡。

一提起梁实秋的贡献，无人不知莎翁全集的浩大译绩，这方面的声名几乎掩盖了他别的译书。其实翻译家梁实秋的成就，除了莎翁全集，尚有《织工马南传》《呼啸山庄》《百兽图》《西塞罗文录》等十三种。就算他一本莎剧也未译过，翻译家之名他仍当之无愧。

读者最多的当然是他的散文。《雅舍小品》初版于1949年，到1975年为止，二十六年间已经销了三十二版；到现在想必近五十版了。我认为梁氏散文所以动人，大致是因为具备下列这几种特色：

首先是机智闪烁，谐趣迭生，时或滑稽突梯，却能适可而止，不堕俗趣。他的笔锋有如猫爪戏人而不伤人，即使讥讽，针对的也是众生的共相，而非私人，所以自有一种温柔的美感距离。其次篇幅浓缩，不事铺张，而转折灵动，情思之起伏往往点到为止。此种笔法有点像画上的留白，让读者自己去补足空间。梁先生深信"简短乃机智之灵魂"，并且主张"文章要深，要远，就是不要长"。再次是文中常有引证，而中外逢源，古今无阻。这引经据典并不容易，不但要避免出处太过俗滥，显得腹笥寒酸，而且引文要来得自然，安得妥帖，与本文相得益彰，正是学者散文的所长。最后的特色在文字。梁先生最恨西化的生硬和冗赘，他出身外文，却写得一手道地的中文。一般作家下笔，往往在白话、文言、西化之间徘徊歧路而莫知取舍，或因简而就陋，一白到底，一西不回；或弄巧而成拙，至于不文不白，不中不西。梁氏笔法一开始就逐走了西化，留下了文言。他认为文言并未死去，反之，要写好白话文，一定得读通文言文。他的散文里使用文言的成分颇高，但不是任其并列，而是加以调和。他自称文白夹杂，其实应该是文白融会。梁先生的散文在中岁的《雅舍小品》里已经形成了简洁而圆融的风格。证之近作，他的水准始终在那里，像他的前额一样高超。

忆郭绍虞先生

鲍史采

　　上海的梅雨淅淅沥沥，我伫立在南京西路那座公寓的小客厅里，再也见不到猝然逝去的绍虞先生的身影，唯有墙上照片上他那安详、凝重的眼神，依旧从深色玳瑁边眼镜后面闪着光亮，跟当年给我们教课时一模一样。

　　那是1947年秋天，我们刚刚进入同济大学文学院。校舍在上海四川北路底江湾路口的一幢赭红色楼房里，紧挨着的是几排红瓦白墙的日本式平屋，算是师生的宿舍。马路那边，和我们校园遥遥相对的，是国民党淞沪警备司令部的巨大的灰白色堡楼，那一个个黑洞洞的窗口就像张着的嘴。我们同郭先生生活在这样特殊的环境里，弦歌始终不辍，民主运动风起云涌，一起度过几个

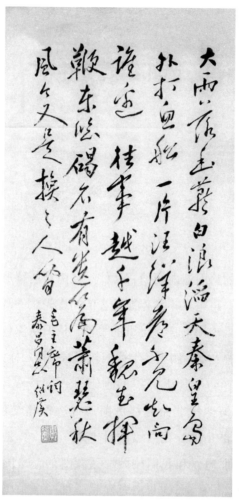

图1 郭绍虞书法作品。

难忘的春秋。

那天，我们坐在教室里，静静地期待着先生的首堂课。心里既有对知名学者的景仰之情，又带着对自己系主任的亲切之感，还掺杂着年轻人的好奇心。都说绍虞先生早年就是文学研究会的成员，在古典文学、语法修辞和书法艺术方面很有造诣，多么想一睹他的风采。他进来了，灰布夹袍，圆口布鞋，壮实的中等身材，年纪不过五十来岁。他从深色玳瑁边眼镜后面，以安详、凝重的眼神，稍稍向我们扫视一下之后，没有滔滔不绝的开场白，便拿起粉笔在黑板上写了"中国文学批评史"七个洒丽的字。接着又在"中国"二字下面加上两个着重符号，一边讲述，一边写黑板，向我们拉开了我国古典文学的帷幕。他一口苏州腔"官话"，辞藻并不华丽，也不口若悬河，一字一句都显出质朴、厚重。他给予我们的，不是大觥大勺的琼脂美酒，而是渗入心田的涓涓细流。教室里宁静极了，他的气质伴着他的学识一下便吸引住了我们这些十八九岁的年轻人。

有时，我们上他家去请教。虽说当时他已是知名教授，但一家八口挤在小屋里。为了要给书桌和书稿以一席之地，睡觉也只好用叠铺。物价飞涨，学校欠薪，他不得不同时在几所学校兼课，靠一辆脚踏车，往来奔波。看到我们去了，生性爽朗的师母不免要诉说：过去在燕京大学时，先生空暇还爱唱个昆曲，打个篮球什么的，可现在一回来就埋头桌边。闻一多惨死在特务的无声枪下，马叙伦、雷洁琼教授遭毒打于南京下关车站，以及学生的多次受迫害，都使秉性持重的他心头很不平静。一天，我们为反抗暴政举行罢课去征求他的意见，他从眼镜后面透出关切的目光，稍稍沉吟了一下，便吐出几个字："我理解你们。"在送我们到门边时，又深情地叮嘱道："事情平静一点之后，希望你们还要读一点书，将来有用。"他言词不多，总是质朴而可贵。

次年早春的一天清晨，当时他已是地下党领导的上海大学教授联谊会成员，组织上布置我们，通过特殊方式，往他家秘密递送党的文件。这是一本小册子，封面印有"恭贺新禧"四个红字和象征吉祥如意的红灯笼，里面是《目前形势和我们的任务》《中国人民解放军宣言》《中国土地法大纲》等。这以后的几个晚上，他紧闭门窗，摘下那副玳瑁眼镜，就如同他治学上的严谨好思一样，在灯下细细地阅读，边读边思索。又一天，他应邀参加一次学生的晚会，还是灰布长袍，圆口布鞋，他凝重的眼神里透出了欣喜之光。他即席讲话，最后借"野火烧不尽，春风吹又生"的诗句，表达了对胜利的信念，全场为之欢呼。

往事如烟。现在先生已离开了我们。然而他高龄九十一岁，执教近七十年，他的众多的学生不就是离离原上草？如今，春风吹拂，草木繁茂，先生可以含笑安息了。

春晖寸草

——忆刘瑜老师

张企明

　　人的一生中总会有一位影响最深的老师，她的品德使你终身铭记，她的期待像永恒的月光。早就想把感受写出来，为我，为孩子，以及所有受到这样老师感动的家庭，留下一点纪念。

　　一个偶然的机会，唤醒了久蕴于胸中的沉思。那是我小孩手中一本人人喜欢的杂志中的一张照片。一位杰出女性沉静从容、目含秋水的面容，使我蓦然回到了抗日烽火中的童年——昆明联大附小。联大西迁昆明，为解决三校教师子女入学的问题，遂借联大西面一所祠堂作小学的办公室，祠堂以东，紧邻联大盖起了两三排土坯房，作为教室。

图1　刘瑜老师与本文作者（右）合影。左为同学尚嘉楠。

　　老师中有不少是正规大学或师范院校毕业的，也有联大老师的家属，素质和水平都较高。师生关系大约受联大校风的影响，远较后来我到北平所上的小学更为平等、亲切。师生间相敬相爱，一片蓬勃向上欢乐融洽的气氛，正如校歌的前几句："在这里四季如春／在这里有爱没有恨／我们要活泼有信心……忠实有恒／我们要……"

　　抗战烽火的大背景，像远山后面时隐时现的阴霾，更反衬出春城的阳光和煦与白云、蓝天、长虹的壮丽，我的小学生活就是在这背景下展开的。1943年我曾以第一名被录取，但因病休学，次年再考只得了第三名。我的语文成绩不错，但数学不行，很怕数学老师。尽管后来以机械设计为终身职业，但数理成绩一直不理想，大约天赋如此。1946年秋，三年级班主任兼语文教师是刘瑜老师，她不但也有那样的目光，而且在她身上有一种宁静的感化力。

那年秋游黑龙潭后，作文即以此为题，刘老师说：写得好，有奖励。我糊里糊涂地写完游记，就忘到脑后，下课后和同学在校园内疯跑疯玩。学校北边是一大片坟地，达官贵人的坟砌起老高，还有大石碑，爬上去颇为吃力，

图2　刘瑜老师正在喂为学校看院子的"大黑"。

图3 1946年秋摄于黑龙潭公园门前。左一是刘瑜老师。

老百姓的就是一个个土包包，荒草蔓生，是玩"官兵捉贼"的好地方。

　　忽然，一天作文课上，刘老师宣布，这次作文张企明是第一名，并奖励皮球一个，上面还用红笔写着"奖给作文第一名"等字样。我顿时不知所措，下课后同学们一拥

图4 游览黑龙潭公园留影。后排中举旗者为本文作者。

而上，抢了我的奖品到院中玩耍，我木然地坐在教室里，
直到上下一节课。

后来那只白色的皮球不知所终，黑龙潭游记，留下来
的也只有对那清冽甘甜和带有松子清香泉水的记忆了。但
刘老师的苦心奖掖和鼓励却使我终生难忘。当年的情景依

稀可从照片中透露出来，可惜的是老师真挚的如沐春风的关爱，却因日寇投降后举家返乡而猝然中断。

同年秋末，随母亲乘 C47型飞机经重庆飞抵上海，等待赴美讲学的父亲回国，再一同回北大。就在上海借住的亲友家中，收到了刘老师寄来的这几张珍贵的照片和我在校所缴午餐费的余款，是用邮票寄还的。当时母亲就说："像这样品德的老师在这种社会中真是难得，以后恐怕也不多见了。"十七年前的深秋，我因公再赴昆明，重访母校，已完全见不到亲切的土坯砌成的教室和当年的老师同学了。站在秋风中，小学时的往事一幕幕从心头流过，秋原无垠，远山肃穆，天还是那样蓝，朵朵白云还是悠然地从晴空中飘去……

匆匆六十载，倏已头白。春晖寸草，慈颜永留心扉。期许之情是一种无言的鼓励，永远的怀念。

永远的老师

——怀念郭麟阁教授

柳鸣九

每次在书店看到梅里美的选集时，我都特别要注意里面是否收入了郭麟阁先生所译的《雅克团》，但几乎每次都令我失望，我只在20世纪60年代见过人民文学出版社出的《雅克团》单行本，此后既没有见过它再版，也没有见过它被收入梅里美的选集。

《雅克团》这个剧本的原文，我在大学三年级时读过，那是我们在高年级所碰见的最麻烦的原文，虽然都是口语对白，即"大白话"也，但那是16世纪的"大白话"呀，如果没有古法语的知识基础，一句简单的话，一个简单的词，也许就成为你难以逾越的障碍，而且那还是法国北部省区地方方言的"大白话"，其中还有一些"泥腿子"农民的粗话与俚语，是一般的法文字典中难以查找到的。总之，说不上有什么艰深，但要把这种原文对付下来，着实有些麻烦，就像进入一个荆棘丛生、蚊虫密布的森林，每前进一步，都要费点劲。

因此，当我第一次见到郭麟阁的《雅克团》译本时，我不禁颇有所感，我没有想到这位老先生如此不怕麻烦，竟昂然走进这一片密林荆棘地带，确有一种"艺高人胆大"的气概。而他作为翻译家选中的《雅克团》，显然并不是一部"好看"的作品，不会给他带来好多好多的读者，他是为了什么呢？看来是为了忠实贯彻人民性这样一个选材标准，也许还受了农民战争是历史发展动力这种革命论断的思想影响与《湖南农民运动考察报告》的"泥腿子"造反精神的感染，而在翻译工作中"坚持政治第一"的结果。这在五六十年代中国知识分子的身上，是太自然、太必然的事了，后来，我每想到此事，总感到麟阁先生的确是一个很实沉、太实沉的人。

麟阁先生是我们在北大时的法文主课老师，头三年，他并没有教我们，是从第四年才开始的。法文主课是我们这个专业最基本、最重要的课程，是培养我们作为"法国语言文学专门人才"的主要"平台"。高年级的这一课程，一般都是安排法国语言与法国文学造诣都比较精深的老教授来担任，对于郭先生，我们在低年级时就闻名已久了。

上了他一年的课，果然受惠无穷。他的课不用现成的教材，而是他自己编的讲义，他的讲义编得很是认真、很是细致，一堂课往往就有好几大篇，把涉及的法语语言现象解释得清楚而透彻，并有丰富的例句帮学生理解得更深入、掌握得更能"举一反三"，在课堂上，他又操造句措辞十分精当的并有文化品位的法语进行讲解，使学生又受益一层。麟阁先生在课堂上还有一绝，他能随口背诵大段大段、成篇成篇的法国文学名著，甚至是高乃依与拉辛那些令人生畏的长篇韵文，而且他背诵起来津津有味，如醉如痴，他那种背诵的"硬功夫"与执着投入的热情，都赢得了我辈的格外敬佩。

应该说，他是我们的恩师，他的精读课，再加上陈占元先生的翻译课以及陈定民先生的口语课，盛澄华、李锡祖先生的选读课，的确使西语系法文专业的学生在高年级受到了严格的科班训练，在阅读、理解、翻译、写作各方面都打下了扎实良好的基础。仅以我们这一班为例，就是一个有力的证明。我们这一班的同学毕业后广泛地分配到了外语教学、口译、笔译与文化交流、学术研究等各种工作岗位，后来都在各自的领域成为出类拔萃的人才，如丁世中在联合国的同声翻译，罗新璋中译法、法译中的文学翻译，吕永祯、刘君强的外语教学，李恒基的电影文化交流等。我们后辈学子的成功中，凝聚了先师们培养的心血。

但麟阁先生这样学问精深、人品高雅的名师却并没有"闪光的外表"（这似乎是"五四"以来北大名家的一个传统）。在见到他之前，他对我们来说，是"如雷贯耳"，但一见却多少令人有点失望，他与我们在低年级见过的那种戴金丝眼镜、西装穿得一丝不苟的教授很是不同，看起来显得很有些土气，全然没有他留学法国多年的痕迹。他的外观像一个憨厚的农民，一口河南乡音，常穿一身再普通不过的咔叽布中山服，剪裁缝制得甚不讲究、看上去也不那么整洁，甚至胸前还有个把小污渍。他身材高大，满脸通红，精力充沛，声音洪亮，他常以自己"身体好"而骄傲。有时，他不无得意地说，"我满可以工作到九十岁，一百岁，没问题"，说到最后一个片语，头沉醉地摆动一下，用手轻轻地由上往下，再由下往上一扬，做了个动作，就像一个老师满意地在学生的作业上画上一个钩。据他说，他保持了强健的身体就是由于胃口好，能吃，而且，他很喜欢吃主粮、吃饭，就像我小时候听家乡的老一辈所说的"人是铁，饭是钢"那句"古训"。他这些话是否在课堂上讲过，我记不得了，但记得有一次我有幸在他家共同进餐时，他是说过的。我至今并不清楚郭先生的籍贯与出身，但我一直深深地感到，他身上有浓浓的乡土味，他这乡土味显然是从他原生的环境里直接带来的，构成了他作为一个人的底色，没有被长期国外的镀金所磨损，没有被他大半生在知识分子堆里司空见惯的附庸风雅、矫情矫饰所掩盖，他是一个清澈见底的人，他是一个完完全全的本色人。

　　他是如此本色，我没有看见他身上有任何附丽、炫耀、文饰、装点、增色、聚光、美化、借用等的方式与杂质，我除了听见过他以自己的饭量与背诵法文诗的苦功夫自诩外，就没有见过他拿别的什么来增加自己的分量与光度。有这样一个例子我不知道引用出来是否恰当，反正它多少给了我些许震撼，那就是他与陈毅的关系，他与陈毅是中法大学时期的同窗同学，而且同住一个宿舍，后来在法国也有交往，听说，陈毅有一次曾遇"麻烦"，他还伸出过援手，而中华人民共和国成立之后，他们仍保持着同窗之谊。对于这样一层"红彤彤的"、在常人眼里足以给自己添光增彩的关系，我在学校时从未听他说过，也没有听到过同学中对此有任何传闻，我走上工作岗位，在与麟阁师多次个人交往，包括饭后畅谈、病中倾诉中，也均未听他提及，直到他去世后，我才偶然从外交界一个同志口里听说。

　　本色者，与算计、谋略、手段、机巧等，总是格格不入的，甚至往往本能地不屑于此。大凡以本色行世，莫不易受损折，此世之常情也。按我个人的俗见，以麟阁先生的学力与资格，他本该有很更多的展现空间，有更大的活动天地，然而，他显然没有充分实现自己的人文学术抱负，对此，他在心底里是否感受过遗憾与苦涩？我想是的，他这种遗憾与苦涩如果有所表露的话，那也是按照他本色的方式，表露得很本色的，至少，我亲身感受过一次。那是在20世纪80年代，他的腿部受伤，长久未能愈合，为防止恶变之患，住进了北京医院，我去看过他一次，和以往一样，师徒二人促膝长谈，畅达尽兴，无话不叙，其中有一段话至今我想起来，仍深感其苦涩和凄清，那是他对于他未能当上法国文学研究会理事一事而发的，他那段话大致是说，自己对法国文学挚爱了一辈子，也做了不少法国文学的工作，为什么一个区区的理事头衔也不给自己呢？他没有表示愤慨，也没有埋怨，只是有点无奈，说了一句："未免太过分了吧？"此事在我看来，的确"过分"，而且"很不像话"，学界之中竟有这种排斥异己、践踏起码公正原则的事，竟有如此专横跋扈、唯我独尊、对他人学术生命任意打杀的"家长"，简直就令人震惊。此事的过程我略知一二，本来是有人力主郭先生以及另外一位颇有学术业绩的先生应为研究会的当然理事，然而却被"掌门人"以"他们只是法语教师，而不研究法国文学"这样无视事实的借口随意否决掉了。要知道，郭麟阁译《雅克团》，郭麟阁用法文写作并出版了一部《法国文学史》，在本学界里有谁能做到？而区区一顶"理事小帽"又算个什么呢？当时，我在本学界还是一个"小媳妇"，自己头上也悬着一条"霸王鞭"（事实上，不久之后，这鞭子就狠狠地抽将下来了），因此，除了陈述自己的意见以外，对麟阁先生遭受如此不公正的待遇实在无能为力，无可奈何，乃至后来我自己忝为"掌门人"，能够主事，想要进行"纠偏"时，麟阁师已乘仙鹤他去，把那种鼠肚鸡肠、鸡零狗碎的小动作弃之不屑，远远抛在身后世俗的尘埃里。

在校期间，我与郭先生并没有什么个人接触，1957年走上工作岗位后，由于作为编辑，需要与专家学者有各种联系，又因为工作单位就在中关村，离北大很近，才与郭先生有了较多的来往。我曾多次去过他家在北大朗润园那个僻静而略带荒芜气味的院子，也曾不止一次享用过他家的家常便饭，他对我一直充满了师长一般的关怀与爱护，却又绝无"师道尊严"的架势与居高临下的目光，倒是像平辈朋友一样亲切随和，我感到，这也正是他心善而纯朴的本色。他不仅使我获得了为学的教益，也使我获得了为人的感悟。后来，我的工作单位搬离西郊中关村，落座到东城边上，我与麟阁师的来往才日渐稀少。

1979年11月，我收到他寄赠给我的一本他所主编的《汉法成语词典》，该书的扉页上这样端端正正写着："鸣九学长指正，郭麟阁于北京。"这题词使我震惊，使我汗颜，使我实感无地自容。从各方面来说，我都是他的学生，他都是我的老师，永远的老师，这样的题词我是承受不起的。然而，他却这样写了。这不只是"礼贤下士"的姿态，不是士林中故作谦虚的俗套，这是一种真正的精神境界，是一种高尚的人格力量。他以其绝对的大气，真正的虚怀若谷而愈加高远超脱。

　　我珍藏着他赠送的这本书，作为一份纪念，更作为一种昭示与楷模。因为，他所做到的，很多我都没有做到。

华老师，你在哪儿？

王 蒙

在我快要满七周岁的时候，升入当时的北平师范学校附属小学二年级，那是1941年，日伪统治时期。

我至今还记得"北师附小"的校歌：

北师附小是乐园，

汉清百岁传，

……

向前，向前，

携手同登最高巅。

第二句"汉清"两个字恐怕有误，如果这个学校是从汉朝办起的，那就不是"百岁传"，而是一千几百年了，大概目前世界上还没有那么古老的学校。

在小学一年级，我们的级任老师姓葛，葛老师对学生是采取放羊政策的，不大管，一遇到天气冷，学校又没有经费买煤生火炉，以至于有的小同学冻得尿了裤子（我也有一次这样的并不觉得不光荣的经历），葛老师便干脆宣布提前散学。

二年级换了一位老师叫华霞菱，女，刚从北平师范学校（简称北师）毕业，二十岁左右，个子比较高，脸挺大，还长了些麻子，校长介绍说，她是"北师"的高才生，将担任我们班的级任老师。

她口齿清楚，态度严肃，教学认真，与葛老师那股松垮垮的劲头完全相反。首先是语音，她用当时的"国语注音符号"（即ㄅ、ㄆ、ㄇ、ㄈ）一个字一个字地校正我们的发音，一丝不苟。我至今说话的发音，还是遵循华老师所教授的，因此，有些字读得与当代普通话有别。例如"伯伯"，我读"bebe"，而不肯读"bobo"，"侦察"的"侦"，我读为"蒸"，教室的室，我读上声而不肯读去声，等等。为"伯""磨"之类的字的读法我还请教过王力教授，他对我的读音表示惊异。其实我出生就在北京，如果和真正的老北京在一起，我也会说一些油腔滑调的北京的土话的，但只要一认真发言，就一切按照华老师四十多年前的教导了，这童年的教育可真重要。

华老师对学生非常严格，经常对一些"坏学生"训诫体罚（站壁角、不准回家吃饭），我们都认为这个老师很厉害，怕她。但她教课、考作业实在是认真极了，所以，包括被处罚得哭了个死去活来的同学，也一致认为这是一个比葛老师强百倍的老师。谁说小孩子不会判断呢。

小学二年级，平生第一次作造句，第一题是"因为"。我造了一个大长句，其中有些字不会写，是用注音符号拼的。那句子是：

"下学以后，看到妹妹正在浇花呢，我很高兴，因为她从小就不懒惰。"

华老师在全班念了我这个句子，从此，我受到了华老师的"欣赏"。

但是，有一次我出了个"难题"，实在有负华老师的希望。华老师规定，"写字"课必须携带毛笔、墨盒和红模字纸，但经常有同学忘带致使"写字"课无法进行，华老师火了，宣布说再有人不带上述文具来上写字课，便到教室外面站壁角去。

偏偏刚宣布完我就犯了规，等想起这一节是"写字"课时，课前预备铃已经打了，回家再取已经不可能。

我心乱跳，面如土色。华老师米到讲台上，先问，"都带了笔墨纸了吗？"

　　我和一个瘦小贫苦的女生低着头站了起来。

　　华老师皱着眉看着我们，她问："你们说怎么办？"

　　我流出了眼泪。最可怕的是我姐姐也在这个学校，如果我在教室外面站了壁角，这种奇耻大辱就会被她报告给父母……天啊，我完了。

　　全班都沉默着，大家感到了问题的严重性。

　　那个瘦小的女同学说话了："我出去站着去吧，王蒙就甭去了，他是好学生，从来没犯过规。"

　　听了这个话我真是绝处逢生，我喊道："同意！"

　　华老师看了我一眼，摇摇头，叹了口气，厉声说了句："坐下！"

　　事后她把我叫到她的宿舍，问道："当×××（那个女生的名字）说她出去罚站而你不用去的时候，你说什么来着？"

　　我脸一下子就红了，我无地自容。

　　这是我平生受到的第一次最深刻的品德教育，我现在写到这儿的时候，心仍然怦怦然，不受教育，一个人会成为什么样呢？

　　又有一次考"修身"课，其中一道答题需有一个"育"

字，我头一天晚上还练习过好几次这个"育"字，临考时却怎么也想不起来了，觉得实在冤枉，便悄悄打开书桌，悄悄翻开了书，找到了这个育字，还自以为无人知晓呢。

发试卷时，华老师说："这次考试，本来有一个同学考得很好，但因为一些原因，他的成绩不能算数。"

我一下子又两眼漆黑了。

又是一次促膝谈心，个别谈话，我承认了自己的错误，华老师扣了我十分，但还是照顾了我的面子，没有在班上公布我考试作弊的不良行为。

华老师有一次带我去先农坛参加全市中小学生运动会，会前，还带我去一个糕点铺吃了一碗油茶，一块点心，这是我平生第一次"下馆子"，这种在糕点铺吃油茶的经验，我借用了写到《青春万岁》里苏君和杨蔷云身上了。

运动会开完，天黑了，挤有轨电车时，我与华老师失散了，真挤呀，挤得我脚不沾地。结果我上错了车，我家本来在"西四牌楼"附近，却坐了去"东四牌楼"的车，到了东四，仍然下不来车，一直坐到了北新桥终点站……后来我还是找回了家，从此，我反而与华老师更亲了。

我们上学时候的小学，每逢升级，级任老师就要换的，因此，1942年以后，华老师就不再教我们了，此后也有许多好老师，但没有一个像华老师那样细致地教育过我。

抗日战争胜利以后，国民党从北平号召一部分教师去台湾任教以推广"国语"，华老师自愿报名去了，据说从此她一直在台北。

目前我得知北京师大附小的特级教师关敏卿是当年北师附小的"唱游"教师，教过我的，我去看望了关老师。我与关老师谈了很多华老师的事。关老师在北师时与华老师是同学。后来，关老师还找出了华老师的照片寄给我。

华老师，您能得知我这篇文章的一点信息吗？您现在可好？您还记得我的第一次造句（这是我的"写作"的开始呀）吗？您还记得我的两次犯错误吗？还有我们一起喝油茶的那个铺子，那是在前门、珠市口一带吧，对不对？我真想念您，真想见一见您啊。

我的语文老师

胡　剑

　　十二岁那年，我离开父母来到嘉陵江畔一所古老的学校开始了我的中学生活。这所学校位于已有近千年历史的蓬安县锦屏古镇，面对嘉陵江，背倚玉环山，是西汉辞赋家司马相如、唐代书法家颜真卿客居为政之地。自清道光二十七年（1847），蓬州知事姚莹在此创建玉环书院算起，这所学校已有一百多年的悠久历史。校园内古木参天，绿草如茵，溪水潺潺，清幽静谧，曾培养了许多有才华的学子，被誉为嘉陵江畔的读书圣地。

　　记得初中的第一堂课是政治课。上课铃响了大约五分钟后，仍不见老师出场，刚才还鸦雀无声的教室开始议论纷纷。这时，只见一个戴着黑边眼镜、腋下夹着讲义的老师，一边用手巾擦拭额上的汗水，一边气喘吁吁地跑进教室。他放下讲义，非常客气地对大家说："同学们好！实在对不起，我刚刚接到教导主任的通知，因陈老师突发急病，今天的政治课临时改为上语文。现在我们就开始上课！"

这是我上中学时除班主任之外认识的第一个老师。他叫余基铭，合川人，1967年7月从西南师范学院毕业后，一直在这所学校任教。他中等身材，当时刚过而立之年，一头浓密的黑发梳理得井井有条，棱角分明的脸庞显得清癯而刚毅，高高的鼻梁上架着一副深度近视眼镜，镜片后炯炯有神的眼睛，闪烁着睿智的目光。按现在流行的说法，是一个"帅呆了"的小伙子。

那天，余老师穿着一件深灰色的翻领夹克上装，相对当时清一色的中山装，无疑是一种"叛逆"。其实，余老师的"叛逆"，不仅仅表现在他的穿着上。本来，按当时的规矩，上课前大家都要毕恭毕敬地做好课前准备，然后才正式上课。但余老师在对大家简短地说明了情况之后，就直接切入了正题。

按惯例，讲课前老师还要引用一条毛主席语录。可他引用的语录，虽然大家耳熟能详，却有着特殊的含义。他说："毛主席教导我们，'没有文化的军队是愚蠢的军队，而愚蠢的军队是不能战胜敌人的'。著名思想家培根也曾说

图1 摄于1972年5月。前排右四为余基铭老师。

过，'知识就是力量'，大家不是说将来要做祖国建设事业的接班人吗？如果一个人既愚蠢又没有力量，将来怎样去接班呢？所以，大家一定要珍惜美好时光。要有头悬梁锥刺股的顽强毅力，努力学习科学文化知识。"接着，他又给我们讲了"凿壁偷光""囊萤映雪"等古人刻苦学习的故事。他的循循善诱，一下就拉近了和我们的距离。自此，我对上语文课特别感兴趣。尤其是每次作文讲评，那是我最得意的时候，因为余老师非常欣赏我的作文，总是把我的作文在班上念给同学们听，并且还经常拿到其他年级去讲评。正是他的鼓励和教诲，以及他特殊的关爱，培养了我的写

图2 1974年12月，余基铭（三排右五）老师与蓬安中学初中毕业班合影。

作能力和创作激情。

　　由于特殊的历史背景，那时不像现在，学生报到的时候，就能领到根据教学大纲编印的课本，往往要开学很久教科书才能发下来。有时，发课本的当天老师手上还要拿着上面的红头文件，叫同学们翻开书，把书中某些"有问题"的课文划掉，再把报纸上的一些社论和评论员文章作为课文，至于所需报纸，则要同学们自己去找。

　　记得初中三年级的一天，由于课本中好几篇"有问题"的课文被取消，余老师按照上级要求，正在给大家读《光明日报》上一篇批判孔子"克己复礼"的文章。同学们大

图3 1976年7月，余基铭老师与蓬安中学团委、学生会成员合影。三排左二为本文作者。

都无精打采，有的打瞌睡，有的悄声闲聊，课堂秩序很差。我偷偷地把一本《莱蒙托夫抒情诗集》放在课桌下，专心致志地看了起来。余老师绕到我身后，却并没收缴我的书，又缓缓走向讲台，而我却浑然不觉。后排的同学着急地提醒我："你今天肯定要遭批评！"下课时，余老师说："刚才看课外书籍的那个同学，晚自习前到我寝室来一下。"傍晚，我忐忑不安地走进余老师的寝室，意想不到的是，余老师从他的书箱里找出好几本已经发黄的书，对我说："我发现你在课堂上看莱蒙托夫为普希金而写的抒情诗《诗人之死》。看来你喜欢诗歌,这几本书都送给你。但是,以后最好不要在课堂上看。"我受宠若惊!

后来,在与余老师经常性的私下交往中我才知道,他在大学本来是学俄语的,因中苏关系破裂,他就改行教语文了。不过,他对俄国文学一直非常喜爱。他送给我的普希金、涅克拉索夫和马雅可夫斯基的诗选,以及托尔斯泰的《复活》和奥斯特洛夫斯基的《钢铁是怎样炼成的》等书,都是他上大学时留存下来的。其实,余老师对当时的教育制度和某些教学内容也非常反感,但又无能为力,他只得以这种方式来关心和支持他喜欢的学生。他常对我说:"开卷有益。多读书,多读有用的书比成天瞎折腾好。你喜欢诗歌,爱好文学,就要广泛了解和熟悉古今中外优秀的文学遗产。读书破万卷,下笔如有神嘛!"

我上高中二年级的时候,余老师调回合川老家了。此后,他相继在合川师范、合川中学任教并担任主要领导。他的妻子也在另一所学校任职。他们夫妻俩把家庭和事业经营得红红火火。在三十多年的教学生涯中,他担任重点中学的校长达十九年,可谓桃李满天下。作为中学特级教师,他多次获得四川省和重庆市的先进教育工作者、优秀校长等荣誉称号。

一直以来,我始终牢记着余老师的教诲,坚持"多读书，多读有用的书"。作为四川省作家协会的会员，在做好本职工作的同时，我一直坚持业余创作，先后出版了两本诗集。二十多年过去了，2001年的教师节，当我把散发着浓浓书香的诗集敬献给余老师时，我看见，他亲切和蔼的脸上露出了欣慰的笑容！可是，当我的第三部作品出版之后，却再也不能送到他的手上。

积劳成疾、重病缠身的余老师，退休之后一直在跟病魔做顽强的斗争。2005年底，余老师到美国去看望儿子回国后不久就住院了。得知余老师病重的消息，2006年5月的一个周末，我和妻子专程驱车从南充赶往重庆。那天，病床上的余老师还谈笑风生地对我妻子讲起我初中时的许多往事。没想到，那次探望竟是我们的永别！2006年8月，余老师因患肺癌医治无效，与世长辞。

恩师已逝，他的音容笑貌，在我心中留下的是永久的怀念……

我还感觉得到他的手温

钱理群

人们一入老境，便时时有"怀旧"之想。今年以来，我就一直陷入对老师的怀念中不能自拔，总想写些什么，却又不知从何写起。而且我要坦白地承认，我最急于偿还的还不是指引我走上学术研究道路的王瑶师的恩情，我要向我的一位中学语文老师献上我的感激与忏悔。他的声名远没有王瑶师那么显赫，他至今还默默无闻地在一间小屋里做着生命的最后挣扎，除了少数亲友、学生，人们很少谈论他；但在我，他却是挺立高山之上的伤痕累累的一株大树，并时时给我以心灵的重压……

他，便是曾在南京师范大学附属中学、幼儿师范任教的卢冠六先生。

图1 年轻时的钱理群（左二）在北大。

　　记得是刚进入初中二年级的那学期，班上同学风传将要调来的语文老师是一位儿童文学作家，这在崇拜名人的中学生中自然引起了许多猜想。但久久期待后终于出现在我们面前的卢冠六先生，却使我们有几分失望：矮矮胖胖的身材，朴素的衣着，都与我们想象中的"作家"不大相符；只有那高度近视的眼镜，以及时时露出的慈祥的微笑，让人想起儿童读物中经常出现的"讲故事的老人"。但我们不敢接近他，不知道是因为敬畏还是胆怯。一次作文课上，卢老师出了"慰问皖北受灾小朋友"的作文题后，按惯例在教室里来回巡视。走到我面前时，突然停住了，指着我草稿上写的一行字——"可恶的西北风呀，我恨你，你让我们的小朋友挨饿受冻"——问我："你在写诗？"我大吃一惊，因为在我的心目中，写诗是大人的事，与我是怎么也联系不上的。连忙站起来说："不，不，我……"大概我当时脸涨得通红，卢老师笑了，温和地说："是呀，只要稍微改一改，押上韵，就像首儿歌了。"我很快醒悟过来，没等老师走开，就急切地坐下来，心中涌动着创造的激情，手不停笔地唰唰唰写下去。不到下课时间，一首题为《可恶的西北风》的儿歌写成了。我兴冲冲地交上去以后，就陷入了难耐的等待中。一个星期以后，作文发下来了，只略略改了几个字，篇末竟是一大篇热情洋溢的鼓励之词！我兴奋得不能自持，好几个星期都晕晕乎乎的，只是不停地写着，写着……终于抱着一堆"诗稿"，怯怯地敲开了先生住所的门，却又立刻被先生房间里堆满的书吸引住了。先生指着桌上的书稿告诉我，他正在为上海的几家书店编写"革命导师的故事"及其他儿童故事。我自然不敢翻动，却瞥见文稿上写着"乐观"两个字，心里直纳闷：老师明明叫"卢冠六"，为什么又自称"乐观"呢？卢老师大概看出了我的疑惑，解释说，"乐观"是他的"笔名"。接着又补上一句："你将来写文章发表时，也可以用笔名嘛！"我的脸又唰地红了，心跳得厉害。大概就从那一刻起，我开始做起"作家、学者梦"来，一直做到今天。这在当时却是埋在心底的秘密，不敢向任何人述说。不料有一天，卢老师突然把我和另外一位同学叫到他的办公室里，郑重其事地对我们说："你们俩合写一本书吧！我已经与上海的书店联系好了，题目就叫《一个少年儿童队员的日记》。"我简直不敢相信自己的耳朵，冲口而出："我们能行吗？"老师又笑了："怎么不行？就跟平时写作文一样写，当然，也还需要一点'虚构''想象'。"卢老师仿佛故意不注意我们的惊喜、疑虑，只是像平时讲课那样，给我们细细地讲授起创作的基本常识来。我于是在卢老师的具体指导下，如痴如醉地写"书"了。从此，在我的面前展开了一个新的天地，我于是时时沉浸在难言的创造的发现与喜悦中。尽管这本书后来因为书店的变迁没有能够出版，但这创作的、也是生命的全新体验却永远地刻在我的心上，让我从此与"笔耕生涯"结下了解不开的情缘。

不知从什么时候起，在学校老师与同学们的心目中，我成了卢老师的"得意门生"。但谁能料到，这种亲密关系竟会引出灾祸！记不得是1954年下半年，还是1955年上半年，学校领导突然找我谈话，正色告诉我：卢老师受到审查，并且态度顽固，不肯交代问题，组织上要求我以先生最喜爱的学生的身份在大会上发言，对卢老师进行"规劝"。这对我无异晴天霹雳，对这一切，我不敢相信，却也不能不相信。一边是卢老师，一边是组织，我的选择必然是悲剧性的：我终于出现在批判卢老师的大会上。记不清我当时说了什么，只记得在我"发言"以后，卢老师被迫站起来表态，表示"感谢同学对我的帮助"。但我却从他偶然扫向我的目光里，分明看出了他的"失望"。我慌忙溜了出来，并且再也不敢接近卢老师。他那失望的一瞥鞭打着我那幼稚的心灵，从此失落了少年时代的单纯与快活，蒙上了抹不掉的阴影。后来卢老师调离了我们学校，只听说他的境遇越来越坏，我却始终没有勇气去看望他，却又因此而不断谴责自己的软弱：这生平第一次心灵的受伤，似乎永远也无法治愈……

以后的路是漫长而痛苦的。我时时想念被我无情无义地伤害了的恩师，却再也没有和他通过一次信。直到……前几年我们在他那间破旧的小屋再见时，他已双目失明。但他一听见我的声音，就立刻"认"出了我，紧紧地拉住我的手，絮絮地告诉我，这些年他如何到处打听我的消息，仿佛已经忘记了不愉快的过去。我却不能忘记，一边听老师讲话，眼前浮现的却是那难堪的一幕。老师却看不见我悔恨的、若有所失的神情，又突然说起他当年的创作生涯：

早在20世纪20年代末，他就写过《自学成功者》等故事和三卷《小学剧本集》（与他人合作）；30年代至40年代，先后出版了《昆虫的生活》《晨钟之歌》《胜利之歌》等儿童故事、诗歌；50年代，又编写了大量儿童故事、谜语，并受教育部委托，起草了师范学校儿童文学教学大纲；直到现在，还在写回忆性散文，收在《金陵野史》一书中……他说得这样急切，怕我记不住，又用笔在纸上写着，尽管字迹互相重叠，几乎无法辨明，但他仍然塞给我，要我好好保存……看着这位从20年代起就为中国的儿童文学事业和教育事业奋斗不息的老人，想着我对他的伤害，我说不出一句话。拿着他手写的创作目录，有如捏着一团火，烧灼着我的心。我依然是"逃"了出来，老人还追在背后呼唤我"再来"……

去年的深秋，我们又见了一面：老人神志已经不甚清楚，但仍然记着我，用他干枯的手握住我的手，久久不放。

此刻，我仿佛还感觉得到他的手温，和他永远赐给我的爱。而我将何以报答呢？我只能如实地写下我的过失与悔恨，以此告诉年轻一代的朋友——

千万不要伤害你的老师！不管用什么形式，自觉还是不自觉，那将是永远不能原谅的罪过！

忘不了你，柳老师

马瑞芳

"59分！"我瞅着带回家的试卷，心里直发毛。我纳闷儿：老师怎么这么吝啬，不肯多给一分？

"死科子（山东青州方言）！"娘见了那"59"，顺手抄起扫炕笤帚，"你就只管出去疯吧！"

我仓皇出逃。然而，逃到哪儿去呢？上哪儿去"疯"呢？

我跑出了大门。

这是一条青石路。一出门。我就惊喜地看到一辆"洋车"，在我们这个小城罕见的自行车。我马上忘了"后顾之忧"，跟在车后边跑。几个小伙伴也马上跟在我后边跑，一齐盯着车轱辘：

"进去吧，进去吧……进去了，哈哈！"

　　自行车轱辘滑进了两块大青石间的缝隙，骑车人摔了下来！十来个八九岁的顽童兴高采烈地看着这出洋相。我兴奋地满街乱跑，招呼更多的小伙伴来看歪倒在地的"洋车"，碰掉了李大爷的拐杖，踹脏了王大娘的鞋，有个人端了饭碗从饭铺里出来，也给我一头撞进怀里！

　　"叭！"响声清脆。饭碗落地。

　　我忙去捡饭碗。完啦！它已经成了两瓣儿，白花花的米粒儿撒了一地。砸了人家的饭碗，外加那"59分"，我今天是在劫难逃啦。我垂着头，等着饭碗主人的呵斥，泪水一个劲儿往下流。

　　"多脏的小脸啊！你想用眼泪洗干净吗？"我听到唱歌似的问话，同时，一只白嫩柔软的手擎了洁白而带一股清香的手绢，擦拭着我的泪痕，"你的作业写完了吗？"

　　柳老师！

　　满天乌云消散！我撞的是我们自己的柳老师！一个简直也还是孩子的老师。

　　她是江南人，家住在什么州，杭州？扬州？要不就是广州？总而言之，皮孩子们谓之"南蛮子"。她把"暖和"念成"软和"，将"米饭"读作"米患"，逗得我们直乐。不过，我们都喜欢她，因为她从不训人，还因为她长得漂亮。

"作业嘛……写了……"我嗫嚅道。我不是胡乱在石板上划拉上了，那些个生字？

"造句呢？"柳老师笑了，细瓷般的脸蛋上浮现两个圆圆的酒窝，"又造出一个非常通顺的句子啦，'只要……就……'"

我乐了。这是我的"过五关，斩泥人"！有一年了吧，我造的句子只有一个是通顺而合乎语法的，那是用"只要……就……"造的："只要一写作业，我就头疼。"

"造句嘛……嗯……我家的电灯给哥哥姐姐占了，我这没造呢。"我强词夺理地说。我总不能提自己那把不开的壶啊，说给轰出来了，没写完。

"到学校来吧？"柳老师轻声慢语，用平等的、商量的口气说。

说也蹊跷，我偏偏不怕那些呵责之声不绝于耳的老师，可就是受不了柳老师的莺声燕语。那简直是军令！虽然，我是多么想继续在街上"疯"，虽然，现在并不是柳老师给我们上课，我还是得按她的话去做，到学校去，简直神差鬼使一般。

每天晚上都有一大批学生在柳老师那儿上自习。先是在她的"闺房"上，后来，学生多了，她就把自己宿舍的电灯拉到教室里去，每晚如此。那些顽童们，家里没有电灯的，或既没有电灯又没了灯油的，或什么都有就是没有写作业的耐心的，都给柳老师招揽了来。有的学生实在不是去写作业，而是补课。

我挺着胸脯儿大摇大摆地回家，避猫鼠儿般从家中逃出，得胜将军样地回来啦。

娘还在那儿盛气逼人："干什么去？"

"上——学——校！"我拖着长腔高声回答。像擒了反叛抓住贼王一样地理气壮，拽起书包就走。

不大对头吧？今天这条街。人们惶惧不安交头接耳。

"电厂怎么搞的！"

"中药店那个老头一摸开关，就……还有……"

我一边听着这些莫名其妙的话，一边往小学走。路很近，一会儿就到了。

走到教室廊下，我吓愣了。

柳老师躺在冰冷的地面上。

人们告诉我：柳老师被高压电打死了。她从宿舍往教室拉电灯时，正巧电厂的人送错了电，高压电送到民用线上了。

柳老师死了？我不相信！她那温软的手，刚才还摸我的头来着！你们莫不是编瞎话？甭在那儿嚼舌根！

我擦擦眼睛再往地上瞧：柳老师静静地躺着，双眼紧闭，浓密的长睫毛扇面一样，小巧的红唇微微张开。我仿佛又听到她的莺声燕语："到学校去吧？"我觉得自己马上要哭出声来了。

啊，已经另外有人在那儿号啕大哭，撕心裂肺地哭。他是师范的老师，是柳老师的对象。他也是什么州的人，因为不习惯山东的生活，曾想调回江南去，因为我们的柳老师，他也乐于在青州安身了。

一个男子汉这样毫不害羞地哭，在平日，早受到我们这伙皮孩子的嘻笑了。可是这会儿，我们却屏神静气地看着他哭。我们觉得他应当狠劲儿哭。我们尊敬他，因为他哭得这么伤心。看着看着，我们也忍不住一阵呜咽。

衰草枯杨的云门山添了新坟。柳老师走了，带走了她那朝霞般的笑靥，春风似的温暖，还有那悦耳的吴侬软语。

"记住这血的教训吧！因为没有文化科学知识，电厂才出现这样恶性送电事故。"被我称为"凶神"的老师语重心长地对我们说。

我记住了这句话，牢牢地记住了这位专给打"59分"的老师的话。奇怪的是，他那些声色俱厉的教训，我反而没有记住过一句。

我要好好用功啦，为了自己长大后不再出"电厂事故"，为了我们的柳老师。

从此，我坚决地把"59分"抛在后边了。岁月如白驹过隙，五年，十年，十五年，直到……

直到我可以把"59分"倒过来，打在我教的、中文系学生的古代文学试卷上。

现在，是我的女儿每天在那儿写生字、造句子啦。她很乖，写字一笔一画，一丝不苟，哪一天的作业没得上"甲+"，便怅然若失。她还循规蹈矩，恪守她老师"只许周末看电视"的规定，而每当屏幕上出现一个美丽的女主人公时，《无名英雄》中的金顺姬呀，《冷酷的心》中的莫尼克呀，《血疑》中大岛理惠呀，小女儿总要歪着头问一句：

"妈妈，她有你的柳老师美吗？"

"没有！"任何时候，我的回答都斩钉截铁。

女儿天真地嗟叹："能在电视上看到妈妈的柳老师就好了。"

我怅然。我的柳老师既非叱咤风云的大将，也非驰名艺坛的名伶，她怎么能留下自己的影像？她不过是三十多年前一个普普通通的小学教师，年龄不过二十岁就离开了人间，又只不过是为了给几个顽皮孩子拉上自习的电灯。仅此而已。

使七岁的女儿大惑不解的是我们的柳老师竟是为一个电灯而死！电灯有什么稀奇的？小朋友们写作业，个个都有自己的明亮的台灯!

　　而我们那阵子呢？一个电灯就那么金贵，拉来拉去，直到拉出人命来!

　　哦，在五星红旗刚刚升起的岁月里，人们是怎样地捉襟见肘啊，而同时，又是怎样没有一丝杂念地，为初创社会主义添砖加瓦，以致于，仅仅为了几个顽皮儿童晚上得到一点儿灯光，一位花朵般的南国少女，献出了生命!

　　而今，在一片光明中，柳老师，你在哪里?

难忘当年育花人

史耀增

合阳的新故事活动开始于1963年，陕西省群众艺术馆曾编选过一本《新故事》，收进十篇作品，其中有九篇是合阳的业余作者创作的。农村的业余作者们"一手拿锄，一手拿笔"，怀着"枪杆子，笔杆子，干革命要靠这两杆子"的信念，积极地进行"革命故事"创作。我们且不评论它在历史上的功过是非，给我们这批业余作者印象最深的，是来自陕西省群众艺术馆（当时称"陕西省工农兵艺术馆"）的那些辅导老师们的和蔼、亲切和认真。他们循循善诱，使我们这些来自农村的青年得到了一种文学的启蒙，受益匪浅。我们这些被称为"泥腿子作家"的人，开头搞创作都是凭着一股热情，至于如何构思故事、塑造人物，则是

图1 本文作者与创作学习班同学、老师的合影。

十分茫然，老师们的辅导对我们来讲，真正是"拨亮了心头一盏灯"。

这张照片（图1）是合阳县举办完第一次创作学习班后留下的几个骨干和省里辅导老师的合影，我在照片背面写下"合阳县革命故事业余创作组和省工农兵艺术馆吕、张二同志摄于1969.12.30县宣传总站"的字样。我们四个人都有一篇被认为有基础的作品要在老师的辅导下再做修改提高，所以被留下来。赵顺是我们的老大哥，还有来自梁山脚下的王根虎，他俩都是1963年就发表过作品的老作者。而我和马复兴则是故事创作的新手，当时都是二十四岁。省艺术馆的吕毅老师是《群众艺术》杂志的主编。第一次见面，他戴着一顶破旧的深灰色鸭舌帽，身上的外套油渍麻花，脚上的皮鞋折了好几个口子，连鞋带也没系。吕老师笑着问："你们看我像不像个流窜犯？"逗得大家都笑起来，觉得一下子亲近了许多。戴眼镜的女老师名张素文，文质彬彬，很有修养，说话总是笑眯眯地轻声细语。1965年在渭南开会时我就见过她。

　　两位老师的辅导并不是整天和我们谈稿子，而是把绝大部分时间用在和我们拉闲话上。那时县上把文化馆、剧团、电影院等文化单位编在一起，叫作"合阳县毛泽东思想宣传总站"，仍占用文庙的地方，这张照片就是在文庙尊经阁前拍的。我们几个人自己带着被褥，住在西厢房北头第一间。天冷，站上给了我们一个小铁炉子，没有烟囱，炉子老是灭，房子里的烟呛得人难受。但寒冷和煤烟并不妨碍交谈。我们坐在床上，把被子拉开盖住冻得冰凉的双脚，就像农村人冬天坐在热炕头上一样，谈生活，谈家庭，谈农村有趣的人和事。张素文老师听了有时会直笑得前仰后合，摘下眼镜抹了一把笑出来的泪水说："要说你是权威，这样的权威在中国至少有六亿！"她这一说，大家又笑起来。我们在小铁炉子边放些从家里带来的红薯，火力不匀，烤得半生不熟。吕老师吃得满嘴是黑，却连说好吃。就在这样的氛围里，老师用非常轻松的口吻给我们讲文学创作的故事，讲他们自己的创作经历，谈经验，说教训，我们就在这种讲述中得到了潜移默化的教育。

我当时写的故事叫《心红骨硬》，取材于合阳独店乡一位老石匠的真人真事。吕老师一再叮咛我不要受真人真事的局限，要把人物写活。张老师具体为我辅导，教给我在方格纸上抄稿子的规矩（农村娃写稿子都是用便宜的白纸）和校对用的符号，而且根据故事情节建议我把作品改名为《虎口拔牙》。前半部分写得倒顺手，但到了结尾，修改几次都不满意。吕老师见我实在无能为力，便说让他试试。那天晚上悄悄地下起大雪，第二天一早，吕老师便喊我，说他把那个结尾修改好了，让我们几个听听行不行。吕老师一念，大家都齐声说好，我更是感激他。过了几天，《陕西日报》文艺部派人来合阳，要把合阳的革命故事弄个专版，选了《虎口拔牙》和我写的另一篇《群众是真正的英雄》，还有马复兴创作的《战备桥》。吕老师把我一个人叫到他住的房子里，诚恳地说："耀增，我有个想法，不知你同意不同意？"我说："你只管说。"吕老师说："《虎口拔牙》是根据你的稿子修改的，还有两位作者也写了同一题材，我想把你们三人的名字都署上，好给大家打打气。"我连想也没想便说："我没意见。要不是你和张老师，这篇故事就改不好。"所以后来《虎口拔牙》在《陕西日报》发表时便署上了"耀增　耀奇　生力"的名字。我至今都非常佩服吕老师为发展壮大合阳业余创作队伍的良苦用心，佩服他的远见。生力（刘党定的笔名）后来不负众望，写了不少好作品，成为合阳业余故事创作队伍中的"生力"军。

吕老师对我可谓关怀备至，1970年省上搞戏剧调演，要组织一批工农兵评论员，吕老师又推荐了我，为我提供实践锻炼的机会，而且别的人只观摩一轮，却让我从头至尾观摩四轮。在西安住了四十多天，晚上看戏，白天讨论，我这个"稼娃"真是大开了眼界，学了不少东西。

尽管事情已经过去了三十多年，吕老师早就撒手人间，而我天生愚钝，到底没有叩开文学殿堂的大门，但我从心底里感激吕老师、张老师这些为幼苗浇水施肥的人，他们不计名利、甘于奉献、为农村孩子费尽心血的精神使我感受到了一种人间真情。

我的老师谭其骧

葛剑雄

谭其骧，字季龙，籍贯浙江嘉兴，1911年2月25日出生于奉天（今沈阳）皇姑屯车站，1992年8月28日病逝于上海。著名历史学家、中国历史地理学的主要开创者，中国科学院地学部院士，复旦大学教授、历史系主任、中国历史地理研究所首任所长。

1926年秋，谭其骧考入上海大学社会系，不久就加入共青团，积极投入革命活动，还参加了中国共产党领导的上海工人第三次武装起义。"四一二"政变后，上海大学被封闭。暑假后，谭其骧考入上海暨南大学中文系，次年转入外文系，又转入新成立的历史社会系，于1930年夏毕业。图1是他与同学黄永标（左）、史猛（右）合拍的毕业照，

图1 1930年夏，谭其骧的大学毕业照。右为史猛，左为黄永标。

也是目前能找到的他最早的照片。他在历史社会系的同学是江应樑、陈源远、许震球、刁焕国，但当年毕业的仅他一人，所以还是与中文系的同学合照的。

1930年秋，谭其骧进入燕京大学，师从顾颉刚。1931年9月，谭其骧对顾颉刚讲的"《尚书》研究"课中"汉武帝十三部"提出质疑，在顾颉刚的鼓励和引导下获得圆满结果，也激发起他对沿革地理的兴趣。1932年一次偶然的机会，使他成为辅仁大学"中国地理沿革史的讲师，以后先后在燕京、北大、清华任教。1934年2月，顾颉刚邀谭其骧合编《禹贡》半月刊，又发起筹建"禹贡学会"。

　　侯仁之虽与谭其骧同年，但上学晚，当时还是燕京大学本科生，听过谭其骧的课，毕业后成为顾颉刚的研究生，后留校工作。抗战胜利后留学英国，师从历史地理学家达比，获地理学博士学位。1957年，时任北京大学地理系主任的侯仁之应科学出版社之约主编《中国古代地理名著选

图2　1957年8月摄于青岛湛山寺前。中为顾颉刚，左为谭其骧。

读》，邀顾颉刚注释《禹贡》，谭其骧注释《汉书·地理志》，8月他们一起至青岛避暑写稿。其间三人同游湛山寺，留下这张照片（图2）。六十四岁的顾颉刚兴致勃勃，还与这两位四十六岁的学生一起下海游泳。

1978年高校恢复研究生招生，周振鹤、杨正泰、顾承甫、周曙与我有幸成为谭其骧指导的研究生。1982年3月，周振鹤与我被谭其骧招为博士研究生，我已留校工作，是在职生。1983年8月，我们经教育部特批提前毕业，通过博士论文答辩，成为我国首批文科博士。10月，复旦大学为我们举行学位授予仪式，国务院学位委员会一位副主任专

图3 1983年全国首批文科博士学位授予仪式，导师谭其骧与首批两位博士葛剑雄、周振鹤合影。

程来校参加，谢希德校长为我们颁证，朱东润教授代表导师致辞。会前，《解放日报》记者为谭其骧与周振鹤（左）、我（右）照了这张相（图3）。

当时我们都没有西装，我穿的是前几年做的哔叽中山装。周振鹤家在湖南，住研究生宿舍，临时向同学借了一件毛料中山装。此前几位获得理科博士学位的同学，因为去人民大会堂参加由国务院总理颁证的仪式，由学校每人补助100元做了一套西装。

我心中的老师

——于漪老师二三事

王厥轩

　　每次从报刊杂志上看到于漪老师的文章、照片，我便会感奋起来，想起她的许多往事。

　　我上高中，是1963年，那是个光华灿烂的年代。老师那时三十七八岁，微瘦，短发齐耳，显得很精神。她时时用温柔的目光看人，使人感觉一种温暖的亲近感。

　　她的课很吸引人。上语文课是我们最喜爱的，她一进教室，只需说上几句，我们的心便给她抓住了。随着她的思路，我们殚思竭虑，口读手写；当然，那也是一种颇含快意的、欢悦的精神享受。

　　中学生有旺盛的求知欲，很容易为掌握渊博学识的老师折服，一旦自己没想到的给老师想到了，自己想到了说不清楚的为老师绘声绘色地讲了出来，便会有一种得到知识后的满足。

于老师在我们心目中，是极有学问的。她的每句话，我们都极用心地听；她介绍看的书、文章，要我们背的诗篇，我们都是照着做的。老师不但在语文方面有深厚的功力，在音乐、绘画、戏剧等方面也有很好的修养。有时她在课上分析文学作品，常能用艺术上十分在行的语言进行剖析，使人感觉着感情上的贴近。课余，我们都喜欢挤到她身边，听她谈论古今中外、天上人间，听她评说某部作品的优劣；讲到排球、足球、乒乓，她甚至能用体育爱好者的语言与我们交谈，在我们心里，真是激起无比的欢悦。老师常说："作为语文教师，要热爱生活、热爱人生，对世上所有美的东西都感兴趣。"这些话，深深铭刻在我们心间，培植了我们对生活、对人生的热爱和追求。

十五六岁的少年往往喜欢把自己看作成熟的人，喜欢在老师面前显露，仿佛饱有学识，满腹经纶。老师常给我们讲"满招损、谦受益"，教育我们下苦功学习。我们学习《卖炭翁》，为白居易精练、优美的语言吸引时，老师便介绍白居易年轻时如何"昼课赋，夜课书，间又课诗，不遑寝息矣。以至于口舌成疮，手肘成胝"；学习《张衡传》时，老师要我们复述张衡在天文、历算、算术、文学、历史、政治诸方面的突出功绩，当我们为张衡这样的奇才连连赞叹之时，老师用大字板书："衡虽才高于世，而无骄尚之情"，从中，我们体味了学问浩瀚如大海，学无止境，永不能满足的道理。老师还给我们讲老艺人练幼功的故事，他们在台上一句唱腔，一个招式，都经过"夏练三伏、冬练三九"，千锤百炼；老师还讲起过王安石写的《伤仲永》，"神童"方仲永七岁"指物作诗，立就"，但其父亲"日扳仲永环谒于邑人，不使学"，长大以后"泯然众人矣"。这些，都给我们留下极深的印象。我们懂得了要做一个于社会有益的人，就须抓紧青春年少之时，不断学习，勤学苦练，锲而不舍，如此，方能日精月进，有所成就。

为了把学生教会教好，老师执着地探索语文教学的"地狱之门"。她讲究教法而不拘泥于固定的方法，着眼于实际效果。我们跟她学了三年，发现老师不断地改变教学的路子。最初，老师在讲解上下了功夫，她和颜悦色的教态，清晰有条理的思路，妙趣横生、活泼生动的谈吐，好像是信手拈来而实在是深思熟虑的语言，真是非常吸引人。以后，老师注意启发学生思维，开启学生的心灵。她根据记叙文、说明文、议论文、文言文以及文学作品的不同特点，摸索教学方法。有的课她运用"点拨法"，有的课运用"质疑法"；她或者深文浅教，或者浅文深教，或者长文短教，或者短文进行反复推敲。她上课从无固定教法，总是随着不同的课文而变化。上她的课总是感觉时间过得飞快，印象很深。教学中，老师注意进行经久的持续的耳濡目染，让学生逐步掌握写景叙事，布局谋篇的技巧；用课文中高尚的人、高尚的思想与我们交谈，在学生的心灵上镌刻深深的印痕。

许多听过她课的人，都为她精深明达的思想观点，清晰有条理的剖析，纷至沓来的妙语隽句所感染，而我们这些做学生的，都知道这里浸透了老师的心血。她每天工作、学习得很晚，星期天、节假日也都扑在工作上。她教每篇课文都写教案，如今成了特级教师，仍像刚毕业的师范生那样，教案写得清清楚楚，一笔一画。她经常写"教后记"，把白天刻印在脑子里的课堂教学中遇到的新问题记下来。她管这工作叫"一登一陟一回顾"，"一登一陟"，站得高，眼界开阔，"一回顾"，看到自己所走过的路，信心增添，抖擞精神登攀高峰。我想，老师的教学所以受众人称赞，唯其深入，才能浅出；唯其深入研讨，课堂上才能言简而意赅，收豁然贯通之效果。

同老师接触久了，就能清楚发现：她不仅始终微笑着，让我们感到和蔼可亲，更可贵的是有着一颗纯真、正直的心。她热爱党，对所从事的教育事业竭尽忠诚，甘愿一辈子乐育英才。她爱事业，集中地体现在满腔热忱地爱着学生。在中学三年，常能看到她泡在班里，了解学生的语文知识、语文能力、学习方法、兴趣爱好；经常与学生交谈，了解思想，关心生活与健康。老师就像母亲一样，待我们一片真心。哪位学生病了，她心里就会不安，不管怎么忙，总要抽出时间前往探望。学生再小的事，她却看得很重。有位同学患了沙眼，自己还不当回事，老师心里一直念着，有次去市里开会，老师抓紧中午的间歇时间，匆匆去药房买眼药水。1968年，我们有一批同学去崇明农场，有的同学家庭经济困难，老师悄悄地解囊相助。

老师尊重学生、爱护学生，还表现在对学习、品德都比较差的学生的关怀上。听说过这样一件事，很是感人的。老师带过一个班，班里有个同学，偷、抢、打架样样都来，同学们恨他，家长嫌弃他。他经常从家里逃出，数星期颠沛流离在外。老师想尽办法找着了他，把他带到自己家里，给他吃、睡，白天还把家里的钥匙交给他，请他管家。晚上回来，给他讲历史上英雄人物的故事。把生活的理想，做人的责任，像随风飘洒的细雨，涓涓滴滴润进这位学生的心里。一颗枯萎的心复活了。听说，他以后当了兵，还入了团。

虽然离开学校已经十六七年了，我们这些学生，还常常去看她。岁月，在老师的两鬓染上点点白霜；经受过寒风暴雨，她的身体愈益地显得衰弱，但老师仍像年轻时一样，在学校讲台上津津有味地讲着课，在家里的书桌上不息地埋头书写着。她没有奢望，时时想到的，是为培养接班人多做点事，为探索语文教学领域的"地狱之门"，甘愿做被天火熏烤的普罗米修斯。

我敬爱我的老师——于漪同志。

王瑶先生

郭小聪

　　多少年过去了，有关我的导师王瑶先生的一件事还记忆犹新。

　　我是王瑶先生招收的最后一届硕士学位研究生，被称为"关门弟子"。1984年5月初，临近毕业的时候，我去中央党校找王瑶先生。他当时正在为编大百科全书的事儿住在那里。我的硕士论文《论抗战时期国统区诗歌》不久前已经转给他看了，不知他能不能首肯。据说要是导师这一关通不过，论文答辩时学位就很难拿到了。

　　不能说我对自己的论文没有信心，但1983年9月，在北大镜春园76号王瑶先生家里汇报论文准备情况时发生的事一直让我忧心。当时我们三个研究生，直直地并排坐在客厅一张长沙发上，像小学生似的。每次到王先生家我们都是这种姿势，这差不多成了我们对王瑶先生敬畏之情的某种象征。王瑶先生衔着烟斗坐在右侧的一张单人沙发上挨个听我们汇报，有时插话发问，也看不出有什么表情。隔着茶几坐在我们对面的是钱理群老师，他是我们的师兄，毕业后一直作为王先生的助手照管我们的学业。他似乎也有点为我们紧张。

我最后一个汇报，也记不清自己说些什么了，因为事实上我还没怎么准备，这并不是有什么不可抗拒的原因，只能说暑假里我不可思议地没有进入临战状态。吭吭哧哧汇报完后，王瑶先生生气了。他确实是应该生气的，但没想到他生气得这么厉害。他皱着眉头指着两位师弟用浓重的山西口音对我说："他们两个的问题是汇报太详细，你倒好，什么都不说，看来什么都没准备。好，我问你，《射虎者及其家族》这篇长诗的作者是谁？"要是静下心来想一想我或许回答得出作者是"力扬"，可是让王先生这猛地一问我也懵了，骤然紧张的气氛使人麻木，这时看到对面的钱理群老师在悄悄提示我，那口型好像是"张"，我就顺着张姓诗人的路子去想了，结果当然是张冠李戴，张口结舌，回答不出。王瑶先生真火了，掂着烟斗严厉地批评了我，别的话我没记住，最有震撼力的几句是说别看系里有的老

图1 前排左七起：王瑶、吴组缃、王力、季慎淮。

师喜欢你，你要是这个样子，论文在我这里就通不过。

走到院子外，两位受到表扬的师弟陪着我脸色铁青。我虽然哈哈自嘲道刚准备十来天就敢来哄王先生，结果还没哄得过，但心里也沉甸甸的，感受到前所未有的压力。接下来的八个月里，我不敢怠慢地投入到搜集材料、归纳论点、撰写论文的工作中。因为我的论文选题是诗歌，王瑶先生委托谢冕老师担任我的指导教师。王先生对我们的论文提出的总体要求是：一、字数限在2万字以内；二、如无充分理由论题应是综合性的，宏观研究某一时期的文学现象或文学流派；三、论文质量要达到在国家级学术刊物上发表的水平。这个要求对我来说就像是树立了一个有些可望而不可即的标杆，但我知道，无论怎样艰难也要日夜兼程达到，否则后果自负。

在半年多的时间里，我撰写论文的实际能力有了明显提高，对搞科研的严谨性有了切身体会。我从几个大图书馆手抄了几十万字的原始资料。论文第一稿时注释部分才二十几条，钱老师说这怎么行？于是第二稿引例注释一下子增加到一百二十几条，我从中体会到论点、论据结合的奥妙。谢冕老师指导我归纳论文的论点，把松散纷纭的感悟放到特定的时代背景中整合出一个整体来。通过撰写要求严格的论文，我对写作本身有了新的感悟——直感在写作中一向是可贵的，但过去我习惯于把直感作为文思的泉源直接倾泻出来，一般爱搞点创作的人似乎都脱不了这个路数，但越写文思奔腾的力量越小。而现在写论文就越来越体会到应该把直感作为思想的亮点深入开掘下去，最后变成有说服力的论点。这和搞文艺创作是两股劲儿，但养成沉思默想的思维习惯，即使搞创作也会受益无穷。宏观研究的训练则使我养成了全盘观照的意识、眼光和能力，也使我痛感到知识面必须不断开阔。事实上从今天看来，如果没有占据过宏观的高度，也就很难准确地和有气魄地把握和透视微观。

在党校见到王瑶先生后，我很想马上知道王先生是否看过我的论文，但又不敢直接问，王先生很忙，也很敏锐，我的话刚绕到一半他就直截了当但又口气挺和缓地告诉我：你不要来催嘛，我现在还没看完，过几天再告诉你意见好吗？没得到确切答案令我心焦，但王先生的和蔼态度又让我抱有希望。几天后，我终于得到了王先生的回音，令我意外的是书信的形式，王先生的意见是竖行书写在两张横格信纸的背后，更令我意外的是王先生一开头竟称呼我是"小聪同志"：

> 小聪同志：
>
> 　　您的论文我大体看了一遍，有些字句间的意见已用铅笔写在旁边。总的印象是文章有些比较新颖的观点和论述……

王先生的这封信当时令我震动，我想到了我的论文可能被批驳，甚至可能被退回，但就是没想到王先生会对自己的学生这么客气，不但用"您"相称，而且总是用谦和的口气说"希望您""这个意见仅供您考虑""我觉得照您的思路看，还不如……"，好像我不是个正在为拿学位的事

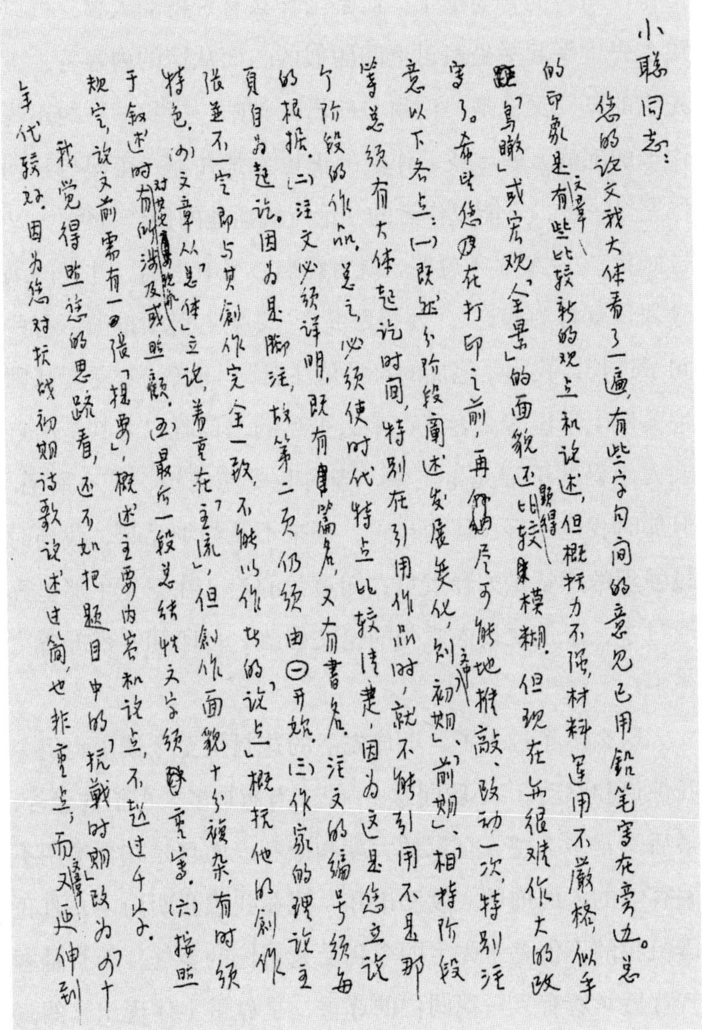

小联同志：

您的论文我大体看了一遍，有些字句间的意见已用铅笔写在旁边。总的印象是这篇文章有些比较新的观点上机设述，但概括力不强，材料运用不严格，似乎给人的印象是"鸟瞰"或"宏观""全景"的面貌还比较果模糊。但现在也很难作大的改动了。奉还你论文在打印之前，再铸尽可能地推敲，改动一次，特别注意以下各点：（一）既然分阶段阐述发展变化，"初期""前期"相指阶段，就不能引用不是那等须有大体起讫时间，特别在引用作品时，因为这是你立论的根据。（二）注文必须详明，既有篇名，又有书名。注文抚他的剧作的根据，故第二页仍须由（一引起）三作家的理说主页自为起迄说，因为是脚注，故第二页仍须标明。（三）作家的编号须每张差不多即与其剧作完全一致，不能以作者的说上概括面貌十分复杂，有时须特色。（四）对文章从体立说，着重在主流，但剧作面貌十分复杂，有时须特色。（六）按照于叙述时有前需有一段"提要"，概述主要内容若和设上，不超过千字。而最后一段是结论着重在主流。

我觉得照您的思路看，还不如把题目中的抗战时期诗歌设述过简，也非重点，而难更伸引年代较难。因为您对抗战初期诗歌设述过简，也非重点，而难更伸引

图2　王瑶先生手迹。

忙得团团转的普通学生，而是个什么有资格的人物，可以跟王先生平起平坐地讨论问题似的。而从信的内容看，王先生的口气又像是一位耐心的语文教师，帮我一一纠正写作上的毛病，教导我，作家的理论主张并不一定即与其创作完全一致，不能以作者的"论点概括他的创作特色"，又告诫我，"注文必须说明，既有篇名，又有书名，注文的编号须每页自为起讫"，还提醒我，"文字上仍须推敲，有些句子过长，我用铅笔加的符号请注意"，等等。这是封从师生关系上来说多么客气、多么少见的书信呀！尤其是出自人人敬畏的王瑶先生之手，当时我受宠若惊，若有所悟。但那时我还年轻，压力也重，还来不及细细品味，我当时最强烈的感觉是如释重负，知道我的论文在王先生那里算通过了，于是便投入紧张的论文修改、打印和答辩准备工作中。

这么多年过去了，王瑶先生的这封信至今读了也仍令我惊讶和感动，"小聪同志……"，当初是多么可怕的警告，最后又是多么感人至深的大度和谦和，而且是在根本用不着客气的人面前的大度和谦和。现在我想我明白了，真正震慑我的不仅是王先生的令我受宠若惊的客气，而且是客气背后对所有人一视同仁的尊重，是尊重中体现出来的真正有教养的学者气质，是这种学者气质中必然应该被发现的真诚、睿智、自信和谦逊。当这样的学者做学问时，他最不会有的毛病是做作。当这样的学者成为导师时，他不懂也蔑视玩人于股掌之上的权威把戏。他善以待人的长者风范是真的，因而也是美的，怨不得学生们总是津津乐道王先生的严厉，因为生活在使人感到高尚的人周围，喜怒哀乐也会像大海起伏的呼吸一样自然而有趣。也许，正是所有这些因素，才形成了王先生信中那独特优雅的行文风格。当初这种优雅震慑了我，今天也令我默默回味和缅怀。

但遗憾的是，当年我们这届研究生似乎被自己的惊畏之情拘束住了，加上当时担任中国现代文学研究会会长的王瑶先生学术活动也非常繁忙，我们在校时和王先生深入、个别接触的机会并不多，毕业后也就没有自然而然地融入王先生的亦师亦友的学术圈子中，以至于显得拘谨而迟钝……但是直到今天，我也一年又一年地在课堂上跟学生们讲王瑶先生当年告诫我们的话：只有学校老师才能最无所顾忌地指出自己学生的缺点和不足，以便及时改正。直到今天，我也希望能以王先生信中的那种优雅风格来处理与学生的关系，在校时尽力不误人子弟，离校后各自行云流水，保持着精神上的热诚、自由和达观。我想，导师和学生之间最本质、最纯粹的关系不应是精神上的心心相印吗？最出色的回报不应是试图青出于蓝而胜于蓝吗？我曾

图3 部分弟子庆贺王瑶先生（前排左三）七十寿辰。

看到过费孝通先生的一篇文章，颇有所感，文中说他的老师潘光旦那一代知识分子看重的是怎样做人才对得起自己，而不是怎样才在人前有面子，甚至图实利而不顾面子，所以"就可以明白上一代人里边为什么有那么多大家公认的好人"。我认为我的导师王瑶先生就是那样的"好人"，他的导师朱自清先生、闻一多先生也是那样的"好人"。作为他们的学生，我想，我们这一代知识分子也应该像他们那样努力做一个在精神上"对得起自己"的"好人"。如果今天的教育成果不是首先培养出这样的"好人"，那么我们是什么？

出版说明

　　本系列图书编选过程中，得到了许多师友的帮助与支持，在此一并致谢！虽经多方努力，仍有部分版权所有人未能于出版前取得联络，我们将委托中国版权保护中心代存、代转稿酬和样书；也恳请相关版权所有人知悉后与我们联络，及时奉上稿酬和样书为盼。

山东画报出版社《老照片》编辑部

2018年5月